學
經典名作

愛麗絲夢遊仙境

ALICE'S ADVENTURES IN WONDERLAND
LEWIS CARROLL

路易斯·卡羅 著
李樺 譯

愛麗絲說：

「假如我不再是原來的我，

那接下來的問題便是——我到底是誰？

哎，那真是一大困惑！」

貓說：

「別害怕未知：

只要你一直走，

總會走到什麼地方的。」

前言

愛麗絲本來只是一個平凡的女孩，過著平凡的生活，直到有一天，她掉進兔子洞，在仙境展開一連串的冒險。這個奇幻的世界有瘋狂的茶會、龍蝦的四對方塊舞，還有被偷的糕點。總之，一切事物在這裡都是「越來越奇怪」……

愛麗絲的第二場奇遇則始於她穿越過鏡子，而發現一個「什麼都相反」的世界。這個世界居住著各種西洋棋子和各式各樣奇怪的兒歌人物。這裡有蛋頭亨普地・當普地（矮胖子——他相信任何字都可以照他的高興，變成他要的意思），有迪威爾頓（特老大——他因為弟弟弄壞了他「好看的新響尾蛇」而變得脾氣暴躁），還有擅長驚人發明的點子白武士。

愛麗絲很快就發現，在「仙境」與「鏡子國」裡的每一件事，都是令人大開眼界！

這些奇幻的冒險已經不知道風靡了多少老老少少的讀者。

《愛麗絲漫遊仙境》是卡羅有一次興之所致，給友人的女兒愛麗絲所講的故事，寫下後加上自己的插圖送給了她。後來在朋友鼓勵下，卡羅爾將手稿加以修訂、擴充、潤色後，於一八六五年正式出版。故事講述了一個名叫愛麗絲的小女孩，在夢中追逐一隻兔子而掉進了兔子洞，開始了漫長而驚險的旅行，直到最後與撲克牌紅王后、紅國王發生頂撞，急得大叫一聲，才大夢醒來。這部童話以神奇的幻想，風趣的幽默，盎然的詩情，突破了西歐傳統兒童文學道德說教的刻板公式，此後被翻譯成多種文字，走遍了全世界。卡羅爾後來又寫了一部姐妹篇，叫《愛麗絲鏡中奇遇記》，並與《愛麗絲漫遊奇境記》一起風行於世。

路易斯．卡羅生於一八三二年一月二十七日。他本來是一位傑出的數學家，在牛津事業發達；他同時也因從事兒童攝影和成人肖像而知名。《愛麗絲夢遊仙境》在一八六五年一出版就立刻造成轟動。一八七一年，卡羅出版《愛麗絲鏡中奇遇》。這兩本書改寫了兒童文學史，因為終於有人把兒童書寫得又益智又有趣。路易斯．卡羅在一八九八年一月十四日去世。

出版者的話

本書是《愛麗絲夢遊仙境》是最初的版本。有一些字詞在以後的版本有一些修正，但大都無傷大雅；只有一個例外，那就是第十章「龍蝦方塊舞」內文的詩，已被擴充成今日愛麗絲迷耳熟能詳的詩歌了。全文如下——

這是龍蝦的聲音，我聽見他宣布，
「你把我烤得太焦了，我得在頭髮上加糖衣。」
就像鴨子用自己的眼瞼，
牠用自己的鼻子整理腰帶和鈕釦，
伸出腳趾向前走。
當沙灘一片乾燥，他就高興得像隻雲雀，

談起鯊魚一臉不屑？
但是當海水漲起，鯊魚出現，
他的聲音就發抖了。

走過他家的花園，我用左眼往裡瞧，
看見貓頭鷹和美洲豹在那兒分一個派；
美洲豹拿走派皮、肉湯和派餡，
貓頭鷹只有拿空盤的份。
在分刀叉時，貓頭鷹得到恩賜，
分到一柄湯匙到口袋；
但是美洲豹拿到刀子和叉子，
所以，當他失去控制時，貓頭鷹也失去了生命。

這個故事是怎麼開始的……

伊蓮娜・葛拉漢

愛麗絲的地下奇遇，一開始是一個口述的故事，是說給七歲的愛麗絲和她的兩個姊姊聽的，時間是一八六二年一個酷熱的七月天，地點是一場河上的野餐。

愛麗絲・利朵是一個非常可愛的女孩。那天她和兩個姊姊，羅莉娜及艾迪思，與查爾斯・道吉森（路易斯・卡羅的本名）和他的另一個朋友一起在牛津河的上游野餐。就在那時，她從查爾斯口中引出了這個故事。當時她們三個女孩坐在船尾，把船舵的繩擱在膝上。她們對面坐著「鴨子」坎農和查爾斯，懶洋洋划著槳。刺眼的陽光在河上閃耀。愛麗絲開始不耐煩，不曉得要做什麼，所以她要求聽故事，最好是有一堆「胡言亂語」。查爾斯・道吉森就這麼透過坎農的肩膀，開始向孩子說故事，開場白就是以後全世界聞名的：「愛麗絲陪著姊姊坐在河岸邊，沒有事情可做，開始覺得很不耐煩了……」

道吉森先生（他總是被小朋友這麼稱呼）是牛津基督教會的數學講師，愛麗絲的爸爸則是院長。他用路易斯・卡羅這個筆名發表非專業作品；早在《愛麗絲》出版前就如此。他用本名發表數學的專業著作。據說，維多利亞女王在讀過《愛麗絲夢遊仙境》後，要求看看他的其它著作；一看之下，差點沒昏倒。這些書包括：《行列式的凝縮》、《從代數學看歐幾里得第五冊》，以及《只要和最大公約數相關》。

一八六二年的那個七月天，道吉森先生年方三十，未婚。而只要他保持教職，就注定要單身。然而他非常喜歡小孩，有許多孩子朋友，雖然彼此交往的時間往往並不很長。他常常費盡心思娛樂他們，逗他們開心；有時候請他們到他的房間喝茶或吃午餐，有時候則帶他們到倫敦玩上一整天，去逛動物園或看戲。即使他獨自一人坐火車旅行，也會隨身攜帶一堆拼圖和小玩具，以備他在車廂裡遇見小孩時可以派上用場。甚至他去海邊時，會在口袋裡裝上一堆大型的安全別針，因為小女孩也許會想把浴袍別好扣緊，以便更自在地玩水。

他對小男孩和嬰兒就沒有這麼體貼了，他也不喜歡吵鬧和貪心的小孩。當然囉，在那個時代，小女孩都受到嚴格的家教，要乖乖地不說話，整天受到保姆及家庭教師的嚴厲督促。《愛麗絲鏡中遊記》書裡的紅皇后就是對當時一般家庭教師的諷刺描寫。

小愛麗絲很受道吉森的寵愛，這一點也不奇怪，因為她有無邪的大眼睛，流露信任的表情；

她柔軟的雙唇和故事中的愛麗絲同出一轍，又不時以笑聲表達欣賞之意。卡羅為她拍了很多照片——攝影是他的嗜好，他曾為許多知名人物拍照。卡羅把一張她扮成小乞丐的照片送給詩人丁尼生，被他認為是所看過最美的照片。不過插畫家但涅爾筆下的愛麗絲卻另有其人，以瑪麗．希爾頓．貝考克為藍本，他也用她作為《愛麗絲鏡中奇遇》的造型，因此當這本書在《愛麗絲夢遊仙境》六年後出版，書中的女主角也就是她六年後的模樣。

當這個故事在那個七月天展開時，愛麗絲．利朵當然是其中的女主角；不過她的姊姊們可能也要求參一腳，因為在第二章的結尾，這一群人都露了臉：「有一隻鴨子、大鳥多多、鸚哥，和一隻小鷹。」這裡的鴨子指的是坎農，鸚哥是羅莉娜，艾迪思是小鷹；而多多當然就是作者了，他有輕微的口吃，有時候會把自己的名字說成「多多—道吉森」。

當卡羅取笑一般維多利亞時代的小女孩都耳熟能詳的功課時，愛麗絲一定把頭搖得像波浪鼓一樣。譬如說，「我一定是快要到達地心了。讓我想想看：那應該是地下四千哩，我想。」他也嘲諷一般的客廳禮儀和育兒智慧；這些從道德故事選出的教條，總是含有對那些「可能記不住朋友教他們的簡單規則的小孩」的可怕警告。

當然，在我們看過一張道吉森拍的三姊妹照片後，可以看出書中鸚哥所說的：「我年紀比你大，所以應該知道比較多。」是有些羅莉娜的影子。

在這張照片中，羅莉娜端端正正地坐在正中央，意識到她身為老大的優勢。她的一邊蜷伏著艾迪思，頭歪到一邊，四肢笨拙地擺在一起；她臉上痛苦的表情似乎在說她的脖子扭到了。愛麗絲坐在另一邊，舒服地靠著她姊姊伸過來的手臂，充滿了優雅的輕鬆，對攝影機流露出不自覺的好奇心。

在野餐時，道吉森有幾次想要結束這個故事，請待「下回分解」。但是這些小女孩卻不肯罷休，他只好繼續講下去，直到結束。當他們回到家時已經八點半了。

他隨口說出來的故事並不全是我們今天所讀到的《愛麗絲夢遊仙境》。在他上床睡覺前，坎農．道可華斯央求他把這個故事寫下來。道吉森驚人的記憶力使他幾乎可以一字不差地把故事記下來。他藉著一盞油燈振筆疾書，寫到快天亮。後來他又比較仔細地重謄了一遍，加了一些他自己畫的插圖，把它送到院長家，並沒有指望給更多人看。

一直要等到兩年後，他才因朋友建議而想到出版。亨利．金斯利和喬治．麥當勞看過愛麗絲．利朵手上的故事後，都鼓勵作者把原稿送給出版商。因此，「愛麗絲地底冒險」就變成了今天的《愛麗絲夢遊仙境》。

原先的故事只有現在定本的一半長度。卡羅仔細地把原稿重新看過一遍，在這裡加一個字或那裡減一個字，把後來想到的笑話加進去，擴充、刪減，甚至加進全新的段落。在最原始的版裡沒有「大隊賽跑」、「豬與胡椒」，以及「瘋狂的茶會」等章節；露齒微笑貓在那時連影子都沒有；醜陋的女公爵原本稱為「鼇的女侯爵」；鼇敘述的學校生活，以及其中烏龜所教的「盤繞和旋轉」等都是後來加進去的；審判的大部分場景也是後來加添的；老鼠的故事〈猛犬對老鼠說〉和後來的版本大不相同，完全是即興之作，似乎反應了當時維多利亞識字書的單音節字詞。譬如不可避免的「這隻貓坐在地毯上」。卡羅在寫給愛麗絲．利朵的版本裡把它寫成像老鼠尾巴上的五個打彎，卻是這麼說的——

我們住在地毯下？

溫暖，舒服，又肥美，

但是只有一悲哀，那

就是老貓！

——

對我們而言，歡樂
是木屐在
我們眼中
的霧，在心裏是木頭
那就是老狗！
——
當貓
離開？
老鼠
就玩耍，
但是哀哉！
有一天（他們說）
——
狗和

貓來了，搜尋
老鼠，
把牠們
都壓扁，
每一隻
都坐在，
地毯
底下，
溫暖
舒服
又
肥美，
想想看
吧！

大部分這類的押韻詩都是諧擬自愛麗絲之類的女孩都可以朗朗上口的童詩；有時這些押韻詩甚至凌駕它們的「原版」而流傳更廣，譬如〈你是威廉老爹〉就更勝於邵西的原詩〈老人的安慰，以及他如何得到它們〉——

「你老了，威廉老爹！」年輕人喊著？
「你稀疏的卷髮都已灰白；
可是，威康老爹，你卻老當益壯；
告訴我這是怎麼回事吧！」
「打從我年少起？」威廉老爹回答，
「我就知道青春飛逝，
所以我不濫用健康和體力，
到頭來我從不需要它們。」

不過總的說來，伊薩克・華茲的〈神聖與道德之歌〉比卡羅的諧擬詩還勝一籌，而幾乎說服可憐的愛麗絲變成同伴梅寶的〈小鱷魚怎麼了〉，則是改編自——

小小忙碌的蜜蜂，
忙著珍惜每一寸光陰，
整天採集著花蜜，
穿梭在每一朵綻放的花裏。
她是多麼靈巧地建造她的窩，
多麼俐落地塗上蜜蠟，
辛勞地好好貯存
她採集的甜甜蜂蜜。

〈粗聲地對待你的孩子〉，從字裏行間可以看出是脫胎自一個幾乎無名的詩人B・W・朗法德的詩；開頭是：「輕柔地向你的心訴說。」（那時的兒童文學選集幾乎都不注意作者的名字，許多有名的詩句就是這樣要不是作者不詳，要不就是歸於三、四個不同的作者。）

讓愛麗絲和同伴翩翩跳起龍蝦四對方塊舞的歌，則是諧擬自瑪麗・豪利特的詩——

「你要不要進來看看我的會客廳？」蜘蛛問蒼蠅，
「這可是你看過最漂亮的會客廳。」

伊薩克・華茲另一首詩也被卡羅諧擬成〈這是龍蝦的聲音〉——

這是懶鬼的聲音；我聽見他抱怨——
「你太早把我吵醒，我還要好好睡他一覺！」
就像鉸鍊裝在門上，他睡在他的床上，
動動他的身體，他的肩膀，還有他的大頭。

「再睡一會兒，再睡一會兒就好。」——
他就這樣睡掉無數個大白天；

他一醒來，就叉手坐著，
或是跌跌撞撞地走著，無所事事地站著。

當我經過他的院子，看到荊棘遍布，
尖刺越長越多，覆蓋庭院；
他的衣服都變成破布一堆，
他的錢都花完，直到他捱餓或是行乞。

我進門拜訪，希望看到他
努力改進他的腦袋；
他告訴我他做的夢、吃吃和喝喝；
但他很少讀聖經，也從來不思考。

我對自己說：「這是一個活教訓；

也許有天我也會這樣；
還好我的朋友照顧我，
他們教我喜歡工作和讀書。」

〈傍晚的湯〉是源自當時的一首流行歌〈傍晚的星星〉；〈一閃一閃亮晶晶〉則是來自珍・泰勒聞名的詩——

一閃一閃亮晶晶
我想知道你是誰
掛在天上放光明
好像許多……鑽石

查爾斯・道吉森是虔誠的基督徒。他不像許多同時代的人，認為人性本惡，而是相信人性本善；他尤其喜歡和小朋友為友，因為「沒有一絲一毫的罪惡和憂愁降臨在他們身上。」他在一封給朋友的信上寫著：「一個小孩對這世界最初的態度，就是對萬物懷著單純的愛。」

他常常把自己的書送給醫院裏的小朋友，「很高興能使她們忘記痛苦一會兒，也因他們對他表達的愛意而覺得心頭暖暖。」他的朋友中有一位女士常常拜訪一些小朋友的家和醫院；在她的懇求下，道吉森寫了一封感人的信給一位讀過《愛麗絲》，而正處於死亡邊緣的小讀者。這位女士在信裏謝謝他，又加了一句：「我相信這些小孩都會在感恩節為『愛麗絲叔叔』祈禱。我多麼希望你這位贏得無數小孩愛戴的作家能夠做一件我衷心希望，而且沒有其他人能做的事：為孩子寫一本關於上帝及他們自己的書。」她希望他能寫一本不是假道學，而是能有「正確的出發點」，讓孩子們了解真正的宗教是什麼的書。她這個請求使道吉森寫下一封〈感恩節的信：給每一位喜歡《愛麗絲》的小孩〉。這封信附在本版《愛麗絲夢遊仙境》的後面。

「愛麗絲地底探險」最後以愛麗絲留在岸上看書的姊姊的沈思作結：「她看到一座古老的城市，一條河流蜿蜒地流過平原。從上游緩緩漂來一艘小船，上面坐著一群快樂的孩子。她可以聽到他們銀鈴般的笑聲划過水面，其中一個小孩正是另一個愛麗絲，她張大眼睛聽著一個故事——仔細聽啊！這個故事正是她姊姊所作的夢。」

目錄

在一個金黃色的午後，
我們悠哉地在水上漫遊；
小手生疏地搖著雙槳，
假裝引導我們的漫遊。

啊！殘酷的三姊妹，
在這樣的時刻，
在這樣夢幻的天氣，
竟然要求聽一個連一片羽毛
也搧不起的故事！
但是區區一張口怎麼敵得過
三張異口同聲的小嘴巴？

專制的普利瑪首先發難，
宣布她的聖旨：
「開始吧——」
席康達輕聲細語地要求：
「最好有很多胡言亂語——」
特莎每一分鐘就把
故事打斷一次。

好吧！
她們在幻想中跟著
夢幻的女孩穿梭奇幻的國度，
友善地與野獸和小鳥打招呼——
對它半信又半疑。

每當想像之泉枯乾，
疲倦的說書人
想把故事打住，
「我們下次再說吧——」
「現在就是下次呀！」
三張小嘴快樂地歡呼。

就這樣說出了仙境的故事
就這樣一點一滴的
編造了奇異的情節。
我們這群歡樂伙伴，
就伴著夕陽西下打道回府。

愛麗絲！
拿著這個童話故事
把它輕輕地放在
童年夢境交織的地方，
放在記憶神奇的環結，
就像那朝聖者採自遙遠國度的
枯萎的花環。

第一章、掉進兔子洞

愛麗絲挨著姊姊坐在河邊，老是無所事事的，開始覺得厭倦了。她瞧了瞧姊姊正在讀的那本書，可是書裡既沒有圖畫，也沒有對話。愛麗絲心想：「一本沒有圖畫和對話的書，有什麼用呢？」

所以，她心裡就開始盤算（只是盡力而為罷了，因為天熱得她又睏又迷糊），為了做一只雛菊花環玩兒，是不是值得費勁起身去摘點雛菊花兒來？就在這時，一隻長著粉紅色眼睛的白兔，突然從她的身邊竄了過去。

愛麗絲在當時並沒感到這有什麼奇怪。兔子甚至還自言自語道：「哦，天哪，哦，天哪，我要遲到了！」愛麗絲仍然不覺得離了譜——事後，愛麗絲倒是認為對這事她應該感到奇怪才對，可是當時她卻覺得十分自然。兔子居然又從背心口袋裡掏出一塊懷錶看了看，然後趕緊接著跑。這時愛麗絲才跳了起來。她猛然清醒過來！從來沒見過穿帶口袋背心的兔子，更不用說口袋裡還能拿出一塊錶了！她不由好奇心大起，緊追著兔子跑過田野，剛好看見兔子跳進了樹叢下面的一個大洞。

愛麗絲根本想都沒想待會怎麼再出來，就緊跟著也跳了下去了。

這個兔子洞起初筆直向前，有點像一條隧道，後來卻突然往下沉下去，愛麗絲還沒來得及站住，就掉進一個深深的井裡了。

也許是井太深了，要不就是她覺得往下掉的速度很慢，所以她完全有時間東張西望，猜想接下來會發生什麼事。她先是往下看，想知道會掉到什麼地方；可是下面黑得什麼都看不見。於是

她就去瞧四周的井壁，發現井壁上掛滿了碗櫥和書架，時不時還能見到一些掛在釘子上的地圖和圖畫。她從擦身而過的一個架子上拿了個罐子，上面寫著「橘子醬」，可是裡頭卻是空的，叫她大失所望。她沒把罐子扔掉，生怕砸到下面的人，因此她一邊往下掉，一邊想辦法把罐子放到另一個碗櫥裡去了。

「好哇！」愛麗絲想：「這樣掉落一回之後，我從樓梯上滾下來就不當回事了！家裡人都會覺得我非常勇敢！嘿，就是從屋頂上掉下來，我也不會吭一聲！」（這倒很可能是真的，因為那時根本吭不了聲啊！）

掉啊，掉啊，掉啊！難道永遠掉不到底了？「我不知道自己到底掉了多少哩啦！」愛麗絲大聲說：「我準是快到地底中心的什麼地方了。讓我算算，這就是說往下掉了大約四千哩，我想……」（你瞧，愛麗絲已經在學校裡學到了一點這方面的東西，儘管現在並不是顯示知識的好機會，因為根本就沒有人在聽她說話，但自言自語當是課堂練習也不錯。）「……是的，差不多就是這個距離。可是，現在我到了什麼經度和緯度呢？」（愛麗絲並不明白經度和緯度是什麼意思，可是覺得這兩個詞念起來怪帶勁的。）

不一會兒，她又開口說：「我想知道我會不會一直穿過地球！要是碰到那些頭朝下走路的人，那才好玩呢！他們應該是叫『對面人』❶吧……」（這次她很高興沒有人在聽她說話，因為自己好像念得不對。）「……可我想我該問問他們，我這是到了哪個國家——太太，請問這是紐西蘭還是澳大利亞？」（她說這話時，還試著行個屈膝禮。可你想想看，在空中往下掉時行屈膝禮，能辦到嗎？）「要是我真這樣問，他們準把我當成一個無知的小姑娘了！不，絕不能這樣問。也許，我會看到這個答案寫在什麼地方吧?!」

掉啊，掉啊，掉啊！除此之外沒別的事可幹。所以不久愛麗絲又開始說話了：「我敢肯定，黛娜今晚會非常想念我！」（黛娜是隻貓兒）「希望他們記得下午茶時給她一碟牛奶。黛娜，我親愛的，我多麼希望你也掉進來陪我！恐怕空中沒有老鼠，不過你可能抓到一隻蝙蝠。你知道，蝙蝠很像老鼠。可是我不知道，貓吃不吃蝙蝠呢？」

這時愛麗絲開始犯睏了，迷迷糊糊地一個勁兒自言自語：「貓吃蝙蝠嗎？貓吃蝙蝠嗎？」有時她又說成：「蝙蝠吃貓嗎？」

你們也看出來了，這兩個問題她都答不出來，所以怎麼問都沒關係。愛麗絲覺得自己睡著

❶ 舊時地理教科書上稱地理位置正好相對的兩地居民為「對蹠人」，即在地球兩面腳心對腳心的意思。愛麗絲把這個詞念成了英語中一音近的「對面人」，而且以為地球另一面的人是頭朝下走路的。

了，開始夢見自己正跟黛娜手拉手一塊走路，而且在認真地問她：「喂，黛娜，你老實告訴我，你吃過蝙蝠嗎？」就在這時，「砰！砰！」她摔到了一堆樹枝和乾樹葉上，再也不往下掉了。

愛麗絲一點也沒摔壞，立刻就蹦了起來。抬頭往上瞧瞧，一片黑乎乎的。眼前是一條長長的走廊，還能看見那隻白兔在急急忙忙朝前跑呢。可別錯過時機呀！愛麗絲一陣風似地跑了過去，剛巧聽到兔子在拐彎時說：「哎呀呀，天哪，現在太遲啦！」她緊跟在兔子後面跑過拐角，可是兔子卻沒影兒了。眼前是一個很長很低的大廳，屋頂掛著一排用來照明的燈。

大廳四面都有門，可是全都鎖著。愛麗絲從這邊走到那邊，每一扇門全試過了，都打不開。她傷心地走到大廳中央，琢磨著怎麼再走出去。

突然，她看到一張三條腿的小桌子，從上到下都是用玻璃做的。桌上除了一把小金鑰匙外，什麼也沒有。愛麗絲起先以為這把鑰匙是用來開哪扇門的。可是，不行，全都是鎖太大，鑰匙太小，哪扇門也打不開。不過，她在大廳裡轉了第二個圈時，發現一道剛才沒注意到的低矮帷幕，帷幕後面有一扇大約十五吋高的小門。她用那把金鑰匙往門鎖上一插。真叫人高興，正合適！

愛麗絲打開門，發現門外是一條小走廊，只跟老鼠洞一般大。她跪下來，順著這條走廊望出去，看到了一個最最美麗的花園。她多想離開這個黑洞洞的大廳，到那些漂亮的花園和清涼的噴泉中去玩兒呀！可是那扇門連腦袋都伸不進去。可憐的愛麗絲想：「就算我的腦袋能進去，肩膀伸不過去也是白搭。哎，要是我能像望遠鏡裡的人一樣縮小就好了！我想我能辦到的，只要知道開頭的方法就行。」你瞧，一下子發生了這麼多稀奇古怪的事，使得愛麗絲認為沒有什麼事是不可能的了。

看來光守在小門邊是沒用了，於是她回到玻璃窗前，心想說不定還能找到一把鑰匙，或者至少找到一本教她把自己像望遠鏡裡的人一樣變小的書。

這次她找到的是一只小瓶子。愛麗絲說：「它剛才肯定沒在這兒。」瓶口上寫著一張紙條，上面印著兩個很漂亮的大字：「**喝我**」。

「喝我」這兩個字倒是不壞，可是聰明的小愛麗絲並不想忙著喝它。「不，我得先瞧瞧，」她說：「上面有沒有寫著『毒藥』。」因為她讀到過一些很好的小故事：關於小孩子被燒傷啦，被野獸吃掉啦等等。這類不愉快的事情之所以發生，全都是因為他們不理會朋友教過的簡單道理，比方說：拿撥火棍時間長了就會把手燙壞，小刀割了手指就會流血等等。愛麗絲可不會忘記這些道理，如果喝了寫著「毒藥」的瓶子裡的東西，遲早會倒楣的。

然而，這個瓶子上並沒有寫著「毒藥」，所以愛麗絲壯起了膽子嘗了嘗，覺得味道挺不錯，（豈只是不錯，什麼好味道全都在一塊了！櫻桃餡餅、奶油蛋糕、菠蘿、烤火雞、乳脂糖、熱奶油麵包。）於是，她一口氣就把它喝光了。

「多奇怪的感覺呀！」愛麗絲說：「我一定像望遠鏡裡的人一樣縮小啦！」一點不錯：現在她只有十吋高了。想到自己現在的身材可以穿過小門到那個可愛的花園去了，愛麗絲不由眉飛色舞。不過，她還是等了幾分鐘，看看自己會不會繼續縮小下去。想到這裡，她有點不安了。「哎呀！也許真會那樣，」愛麗絲暗道：「我說不定會像支點燃的蠟燭那樣，全部縮沒了，到那時我會是個什麼樣呢？」她努力設法想像蠟燭燒完後火焰是個什麼樣兒，因為她從來沒見過。

過了一會兒，愛麗絲覺得應該不會再發生什麼事了，便決定立刻到花園去。但是不好啦，可憐的愛麗絲！她走到門口，發覺自己忘了拿那把金製的小鑰匙。等她回到桌前準備再拿的時候，卻發現自己已經搆不著鑰匙了。透過玻璃桌面，她能清清楚楚地看到它。她拼盡全力想沿著桌腿爬上去，可是桌腿太滑了，她試了多少次也沒能成功；累得要命，可憐的小姑娘只好坐在地上哭了起來。

「起來，這麼哭根本沒用！」愛麗絲嚴厲地對自己說。她常給自己發出這類很好的忠告（雖然很少聽從），有時還能責備得自己掉下眼淚來。記得有一次，她自己同自己玩槌球，在比賽中作了弊，她還想打自己耳光呢！這個古怪的小女孩，就喜歡把自己假裝成兩個人。「可是現在我還裝什麼兩個人呢！」可憐的愛麗絲想：「唉，這會兒我小得連做一個像樣的人都不夠了！」

很快，她的目光落到了桌子下面的一個小玻璃盒子上。打開一看，裡面有塊很小的糕點，上面用葡萄乾漂亮地排著「**吃我**」兩個字。「好吧，我就吃了它。」愛麗絲說：「要是它使我變大，我就能搆著鑰匙；要是它使我變得更小，我就可以從門縫下爬過去。反正無論如何我都能到那個花園去了，管它會有什麼結果！」

她吃了一小口，急不可耐地想：「是變大，還是變小？」她用手摸摸頭頂，想知道自己是往哪兒變。奇怪，居然還是老樣子。其實，本來吃糕點是不會使人變化的，可愛麗絲盡碰上稀奇古怪的事，已經習慣了，反倒覺得生活中的常態又蠢又沒勁啦！

於是，她一不做二不休，很快就把一塊糕點吃光了。

第二章、眼淚的池塘

「奇怪呀，奇怪！」愛麗絲叫道；她吃驚得連話也說得不像樣了，「現在我像是給一架最大的望遠鏡放大啦！再見了，我的腳！」

她低頭望望自己的雙腳，它們顯得那麼遠，都快看不見了。「哎呀呀，我可憐的小腳啊，以後誰來給你們穿鞋和繫鞋帶呢？我看我是辦不到了！我離你們是那樣那樣遠，沒法管你們了，你們只好想辦法自己照顧自己啦……可是，我必須對它們好一些，」愛麗絲想：「要不然我想走到哪兒去，它們會不聽話的！嘿，對啦，每到聖誕節，我要送一雙新鞋子給它們。」

怎麼送呢？她接著往下想——只好通過郵局寄了。嘿，真滑稽，給自己的雙腳寄禮物！這地址寫起來可太古怪了！

爐前地毯　壁爐圍欄

愛麗絲的右腳閣下 收

（愛麗絲 寄）

「天哪，我在胡說些什麼呀！」

就在這工夫，她的頭撞上了大廳的天花板。現在她至少有九呎高了。她立刻拿起了那把小鑰匙，朝通花園的小門跑去。

可憐的愛麗絲！現在她怎麼能過得了門呢？最多只能側身躺在地上，用一隻眼睛往花園裡瞧

瞧罷了。她坐到地上，又哭了起來。

「真不害躁！」愛麗絲說：「像你這麼大的姑娘（現在她真的夠『大』了），還要這麼哇哇直哭！馬上停下來，聽見了嗎？」可是她還是哭個不停，不知道流了多少眼淚，直到身邊匯成了一條大池塘，足有四吋深，把半個大廳都漫滿了。

過了一會，愛麗絲聽到遠處有輕輕的腳步聲。她趕緊擦乾了眼淚，看看來的是誰——原來那隻白兔子又回來了，穿得漂漂亮亮的，一隻手拿著雙白羊皮手套，另一隻手拿著把大扇子。他一邊急急忙忙地小跑，一邊念叨著：「哎，公爵夫人，公爵夫人！要是我害她久等了，她可別發火啊！」

愛麗絲一心想有個人來幫幫自己，因此見到白兔很失望。當白兔走近時，

她怯生生地小聲問：「勞駕，先生……」這句話（聲音）可把兔子嚇了一大跳，扔下白羊皮手套和扇子，拼命地逃進暗處去了。

愛麗絲撿起了扇子和手套，因為覺得好熱，她就一邊不停地搧扇子，一邊自語道：「天哪，天哪，今天怎麼盡是怪事！昨天還好好的，是不是在夜裡變了樣？讓我想想……今天早晨起床時我是不是我自己？好像是有點不對勁！但如果我不是自己的話，問題就來啦——我到底是誰呢？嘿，可真把我難住了！」於是，她把自己認識的同年齡的小姑娘全都想了個遍，想弄明白自己是不是變成她們中的哪一個啦！

「我肯定不是愛達，」她說：「因為她的頭髮又長又捲，可是我頭髮一點也不捲。我肯定不是瑪貝兒，因為我懂得各種各樣的事兒，她呢，哼，一丁點也不懂！再說，她是她，我是我……哦，天哪，真是難死我了！我來試試過去已經明白的問題吧……我想想看，四五十二，四六十三，四七……天哪！這樣下去我永遠到不了二十，而且乘法表也沒有多大意思。我試試地理吧：倫敦是巴黎的首都，巴黎是羅馬的首都，羅馬是……不，全錯了，我敢肯定！我準是變成瑪貝兒了！我再背背《小鱷魚多會……》……」於是，她像背課文那樣把雙手交叉放到膝蓋上，開始背了起來。可是，她的聲音顯得嘶啞而陌生，念出來的字也跟平時不一樣了——

小鱷魚多會保養
牠那閃亮的尾巴，
讓尼羅河水漫過
每一片金色的鱗甲！

牠張嘴笑得多麼歡暢，
伸出爪子的姿勢多麼文雅。
牠在歡迎那些小魚？
游進牠溫柔微笑的嘴巴！

「我一定是背錯了！」可憐的愛麗絲說，又掉下了眼淚，「我到底還是變成瑪貝兒了，我將只好住在小破屋裡，什麼玩具也沒有！唉，還得學那麼多的功課！不行，我拿定主意了，假如我是瑪貝兒，我就待在這下面了！哪怕他們把腦袋伸下來叫：『上來吧，親愛的！』那也沒用，我只會抬頭看看，說：『你們得先告訴我，我是誰？如果是我喜歡的人，我就上去；如果不是，我就待在下面，直到再變成另外什麼人……』可是，天哪！」愛麗絲的眼淚突然又冒出來了，「我真想有人把腦袋伸下來叫我呀！我一點也不願意孤零零地待在這下面！」

說到這兒時，她低頭看了看自己的手，驚奇地發現自己已經戴上了兔子的一只白羊皮手套。「我這是怎麼搞的？」她想：「準是我又變小了。」她站起來走到桌前比量了一下，果然猜得沒錯，她現在只有二吋高了，而且還在飛快地往下縮。她很快就發現是手裡的那把扇子在作怪，便趕緊扔掉扇子。總算快，差點就要縮得沒有了。

「好險啊！」愛麗絲說。這種瞬息間的變化把她嚇壞了，但自己總算還存在，因此她很高興，「現在該去花園了！」

她飛快地跑到那扇小門邊。可是，糟糕！小門又鎖上了，而金製的小鑰匙仍像從前一樣放在玻璃桌上。

「現在更糟了，」可憐的小姑娘想：「因為我從來沒這樣『小』過，從來沒有！我得說這太糟了，沒救啦！」

她說話時腳下一滑，馬上就「撲通」一聲，鹹鹹的水一下子淹到她的下巴。愛麗絲還以為自己掉進海裡呢！心想：「要那樣的話，我就可以乘火車回家了。」（愛麗絲曾到海濱去過一次。

不用說，英格蘭的海濱全都一個樣兒：海裡有許多更衣車❶，沙灘上孩子們用水鏟在挖洞環。還有一排出租的房子，房子後面是個火車站。）不過她很快就明白了，自己掉進了眼淚的池塘，那是她九呎高時哭出來的。

「我剛才別哭那麼凶就好啦！」愛麗絲說，一邊在淚水中游著，想找條路游出去。「我想我要受到懲罰了，被自己的眼淚淹死！這又是件怪事，真的！不過，今天盡是些怪事！」

話音剛落，她聽到不遠的地方有划水的聲音，就游過去看看是什麼。起先她以為是頭海象或者河馬，可是等她想起自己現在有多麼小之後，馬上就明白這只不過是跟自己一樣跌進鹹水裡的老鼠。

愛麗絲想：「跟這隻老鼠說說話行嗎？這下面事事

❶ 舊時海濱浴場專用，可曳入水中。

都那麼奇怪，我看牠很可能也會說話。反正試一試又沒什麼害處。」於是，她便開口問道：「喂，老鼠，你知道從池塘出去的路嗎？我已經游得好累好累了。喂，老鼠！」（愛麗絲以為跟老鼠就該這樣談話。她過去沒做過這種事，不過記得在哥哥的《拉丁文語法》中見過：「一隻老鼠，一隻老鼠，對！一隻老鼠，喂，老鼠！」）

這隻老鼠狐疑地看看她，好像還對她眨了眨一隻小眼睛，可是沒說話。

「也許牠不懂英語，」愛麗絲想：「牠是隻法國老鼠，同征服者威廉❷一起來的。」（愛麗絲有點歷史知識，但她並不清楚這些事情已經過去多久了。）所

❷ 威廉一世（一〇二八？～一〇八七）原為法國諾曼底公爵，後打敗英王哈洛爾德二世，征服並統一了英國。

以她用法語說：「我的貓在哪兒？」這是她的法語課本中的第一句話。

老鼠一下子就從水裡跳了起來，嚇得渾身直打哆嗦。

「噢，請原諒！」愛麗絲趕緊說，生怕傷了這隻可憐的小動物的感情，「啊！我完全忘了，你是不喜歡貓的。」

「不喜歡貓！」老鼠激動地尖叫道：「假如你是我，你會喜歡貓嗎？」

「嗯，也許不！」愛麗絲撫慰道：「別為這生氣啦！但我要是能讓你看看我的貓兒黛娜就好啦！只要你見到她，我想你會愛上貓的。她是個多麼可愛安靜的小傢伙啊！」愛麗絲一邊在池塘裡懶懶地游著，一邊像是自言自語地說：「她坐在火爐邊呼嚕起來真好玩兒，一邊還舔爪子，洗臉蛋，撫摸起來又綿軟又舒服。她抓起老鼠來真是個好樣兒的——噢，請原諒！」愛麗絲又叫道，因為這時老鼠全身的毛都聳立了起來。她知道自己真的把老鼠給得罪了，「要是你不喜歡，我們就別提黛娜了。」

「還說『我們』？」老鼠叫道，連尾巴梢兒都在發抖，「好像是我願意說似的！我們老鼠從來都恨透了貓，那可惡下賤的臭傢伙！別讓我再聽到『貓』這個字了！」

「我不說了，真的！」愛麗絲說，趕緊改變了話題，「那麼，你……喜歡……狗嗎？」老鼠沒回答，愛麗絲便熱心地說了下去：「離我們家不遠處有隻可愛的小狗，我真想讓你瞧瞧，是隻眼睛亮亮的小獵狗。嘿，有一身好長的棕色捲毛！你扔出去東西牠能接住，會坐起來討吃的，還會幹好多好多事……我沒法全記住。牠是一個農夫的。嘿，農夫說牠真管用，要值一百英鎊呢！他說牠能殺死所有的耗子——哦，天哪！」愛麗絲悔恨地說：「恐怕我又惹你生氣了！」

這時老鼠已經拼命從她身邊游開了，弄得池塘裡水波亂湧。

愛麗絲跟在老鼠後面柔聲招呼：「親愛的老鼠，你快回來吧！要是你不喜歡，我們再也不談貓和狗了！」老鼠聽到這裡，轉身慢慢朝她游了回來。牠臉色蒼白（準是氣的，愛麗絲想），用顫抖的低聲說：「我們上岸吧，然後我把我的經歷告訴你，你就會明白我為什麼恨貓和狗了。」

真的該走了，因為現在池塘已經有了一大群掉進來的鳥獸：一隻鴨子、一隻渡渡鳥❸、一隻鸚鵡、一隻小鵰和其他一些稀奇古怪的動物。愛麗絲在前打前鋒，領著這群鳥獸向岸邊游去。

❸ 一種不能飛行的大型鳥類，原產於非洲模里西斯，已於十七世紀滅絕。

第三章、一場無厘頭的賽跑和一個長長的故事

聚集在岸邊的這一大群，模樣實在夠怪的——羽毛濕了的鳥兒、毛皮緊貼著身子的小動物，身上全都在往下滴水，擠擠搡搡的，誰都沒個好聲氣。

頭一件事當然是怎樣把身上弄乾。為這事牠們商量了一陣。沒多久，愛麗絲就覺得跟牠們說話很自在，像是老相識了。真的，愛麗絲已經跟那隻鸚鵡爭了好一陣了。最後鸚鵡生氣了，一個勁兒地說：「我歲數比你大，懂的肯定比你多。」可是，愛麗絲認為不知道鸚鵡的歲數就不能同意牠說的話，而鸚鵡又斷然拒絕說出自己的歲數，彼此也就再沒話可說了。

最後，那隻老鼠（牠在牠們中間好像很有權威似的）大聲喊道：「你們全都坐下，聽我說！我很快就會把你們弄乾的！」

大家立刻坐下了，圍成一個大圈，老鼠在中間。愛麗絲焦急地盯著老鼠看，因為她明白，如果不能把自己馬上弄乾的話，就會得重感冒的。

「咳！咳！」老鼠煞有介事地說：「都準備好啦？下面是我所知道的最最乾巴巴的故事，請大家肅靜！『征服者威廉的事業得到了教皇支持，不久就征服了英格蘭人；他們需要領袖，而且已經對篡權和被征服都習慣了。麥西亞和諾森布里亞的伯爵愛德溫和莫卡❶……』」

「啊～呀呀！」鸚鵡打了個寒顫。

「對不起，」老鼠皺起了眉頭，但仍彬彬有禮地問：「你有話說嗎？」

「沒有！」鸚鵡急忙說。

「我還以為你有什麼話要說呢！」老鼠說：「我接著往下講，『麥西亞和諾森布里亞的伯爵

❶ 麥西亞和諾森布里亞是英國中世紀七國時代的兩個古國。老鼠這是在背愛麗絲上課學的那種乾巴巴的課本；因為大家濕了，需要「乾」。

愛德溫和莫卡宣布支持威廉，甚至那位愛國的坎特伯雷大主教斯蒂甘德也發現「它」……』」

「發現什麼？」鴨子問。

「發現『它』呀！」老鼠有點不耐煩地回答：「你當然不會明白『它』的意思是什麼。」

「我發現一件東西時完全明白『它』的意思是什麼！」鴨子說：「『它』通常是一隻青蛙或一條蚯蚓，問題是，大主教發現的是什麼？」

老鼠對這個問題沒有理會，還是急急忙忙往下講：「『發現與埃德加．阿瑟林❷一起去迎接威廉並為他加冕是不行的。威廉的行為起初還很節制，但他那諾曼底人的傲慢……』我親愛的，你現在覺得怎麼樣啦？」老鼠說著說著，又轉過臉來問愛麗絲。

「跟原來一樣濕答答啊！」愛麗絲悲傷地說：「你這個『乾巴巴』的故事，好像一點兒也沒讓我變乾啊！」

「既然如此，」渡渡鳥站起來嚴肅地說：「我建議休會，以便立即採取更有效的措施……」

「別拿腔捏調的！」小鷗說：「你說的這些詞兒，我一個也不懂！而且，我相信你自己也不懂！」小鷗說著，低下頭忍住笑；其他一些鳥兒也偷偷地笑了。

❷ 埃德加（?~約一一二五）盎格魯．撒克遜王子，十五歲時被指定為英格蘭國王。

「我要說的是，能讓我們弄乾身子的最好方法，就是來一次決策會式的賽跑。」渡渡鳥惱怒地說。

「什麼叫決策會式賽跑？」愛麗絲問。本來她對這個問題沒有興趣，但渡渡鳥說到這兒停住了，好像要等別人來問似的，偏偏又沒有誰想問。

「得！」渡渡鳥說：「要說明它的最好辦法就是大家自己來做一回。」（也許你們在冬天也會想試試這個遊戲，所以我來告訴你們渡渡鳥是怎麼做的。）

渡渡鳥先是劃出了比賽場地，有點像個圓圈（渡渡鳥說這種場地怎麼劃分都行）。然後，眾鳥獸便雜亂地散布在圈子裡，也不用說聲「一、二、三，跑！」而是誰想跑就跑，誰願停就停，所以很難知道比賽是不是結束了。不過，大家跑了約莫半個小時後，身上也就乾了。渡渡鳥突然大叫一聲：「比賽結束！」大伙兒立刻喘著粗氣把牠圈了起來，都問：「誰贏了？」

要回答這個問題，渡渡鳥可得費點腦筋了。牠坐下來用一個手指頭撐著前額（就像常見的畫像上莎士比亞的那種姿勢）想了好久，大家都一聲不吭地等待著。最後，渡渡鳥說：「大家都贏了，都有獎品！」

「誰來發獎品呢？」大家齊聲問。

「啊，她，就是她！」渡渡鳥用手指著愛麗絲說。

於是，大伙兒全都圍了上來，七嘴八舌地喊道：「獎品，獎品！」

愛麗絲不知如是好，情急中把手伸進自己的口袋，居然摸出了一盒糖果。幸好它還沒給鹹水浸透。愛麗絲把糖果當獎品分發給大家，正好每人一塊，只是她自己沒有。

「哎，可是她自己也該有獎品啊！」老鼠說。

「那當然！」渡渡鳥一本正經地回答。「你口袋裡還有別的什麼嗎？」牠扭頭問愛麗絲。

「只有一個頂針了。」愛麗絲傷心地說。

「把它拿出來。」渡渡鳥說。

接著大家又圍了上來，渡渡鳥莊重地遞上頂針，說：「我們懇請您接受這支精美的頂針。」這段短短的演說剛完，大家都歡呼起來。

愛麗絲覺得這事兒從頭到尾荒唐透頂，可是鳥獸們都十分認真，她不敢笑，一時又想不出什麼話來說，只好鞠了個躬，儘量裝得一本正經地接過了頂針。

下一步就是吃糖果了，結果又亂了一陣。

大鳥們埋怨根本沒嘗到味兒，小鳥們卻給噎得要人拍背。

最後糖果總算吃完了，大伙兒又坐下來圍成一個圈，請求老鼠再講點什麼。

「嗯，你答應過要把你的經歷講給我聽，」愛麗絲說：「說說你為什麼恨……恨C和D。」最後這兩個拼音字母（代表「貓」和「狗」）她講得很輕，生怕又惹老鼠生氣。

「我的故事是個結尾悲傷的長故事。」老鼠嘆息著對愛麗絲說。

愛麗絲望著老鼠的尾巴，奇怪地問：「這條尾巴確實很長，可是你為什麼說它是悲傷的呢？」在老鼠講故事時，她還一直在為這個問題而感到納悶，所以在恍恍惚惚中，把老鼠講的故事想成了這樣——

惡狗對屋裡的
一隻老鼠
說道：
「跟我到
法庭去，
我要，
把你控告。
我不接受
任何辯解，
我們一定要

把你審判。
因為今天早晨
我實在
沒事可幹。」

老鼠
對惡狗說：
「尊敬的閣下，
這樣的審判
既沒有陪審團，
又沒有法官，
只是白白浪費
力氣。」
狡猾的
惡狗說：

「我就是
陪審團
我就是
法官，
我要主持，
全部審判，
判處你
死刑！」

「你沒有注意聽！」老鼠嚴厲地對愛麗絲說，「你在想什麼？」

「請原諒！」愛麗絲自覺理虧地說：「我想你的故事已經拐到第五個彎了吧？」

「我沒有彎！」老鼠氣呼呼地吼道。

「你沒有碗（彎）哦？」愛麗絲一向就是個熱心助人的小姑娘，趕緊著急地四下尋找起來，

「哦，我來幫你找找！」

「我實在受不了啦！」老鼠說著，起身就走，「你用這種胡言亂語來侮辱我！」

「我沒這個意思！」可憐的愛麗絲辯解道：「可是你呀，你也太容易生氣了！」

老鼠只「哼」了一聲作為回答。

「請你回來把故事講完吧！」愛麗絲在牠身後喊；其他動物也都齊聲說：「是的，請回來講吧！」但老鼠只是不耐煩地甩甩尾巴，步子走得更快了。

「真遺憾，牠走了！」當老鼠走得看不見時，鸚鵡嘆息道。

一隻大螃蟹趁此機會教育女兒說：「哦，親愛的，這是一個教訓，千萬不要亂發脾氣。」

「別說了好不好，媽咪！」小螃蟹撒嬌地說：「你囉嗦起來，牡蠣都受不了。」

「真的，要是我的黛娜在這兒就好了，」愛麗絲自言自語地大聲說道：「她會很快就把老鼠抓回來的！」

「我能否冒昧地問一下，黛娜是誰？」鸚鵡問。

愛麗絲隨時都樂意跟人家談談她的小寶貝，立刻熱心地說：「黛娜是我的貓兒，她抓起老鼠來真是好樣的，你簡直想像不到！還有，要是你能看到她抓鳥兒的樣子，那才好呢！哈，她只要看到一隻小鳥，立刻就會把牠吃掉！」

這番話，可把大家都嚇得不輕，有的鳥兒當場就趕緊飛走了。老喜鵲小心地把自己裹得緊緊地，解釋說：「我確實得回家啦，晚上的空氣對我的嗓子不合適。」金絲雀用顫抖的聲音對牠的孩子們說：「快走吧，親愛的，你們早該去睡了！」牠們全都在各種各樣的藉口下，一哄而散，又只剩下愛麗絲一個人了。

「剛才我要是沒說起黛娜就好了！」愛麗絲憂傷地自語道：「這裡好像誰也不喜歡她，可是我能肯定她是世界上最好的貓！噢，我親愛的黛娜，不知道我能不能再見到你！」

可憐的愛麗絲又哭了起來，因為她覺得自己又孤單又沮喪。可是不一會兒，她又聽見從不遠處傳來了腳步聲。她滿懷希望地抬起頭，心想也許是那隻老鼠改變主意，來講故事了。

第四章、兔子派小比爾進屋

原來是那隻白兔，牠又慢悠悠地走回來了。牠一邊走，一邊焦急地四下尋找，好像丟了什麼東西似的。愛麗絲聽見牠在小聲地嘀咕著：「公爵夫人，公爵夫人！我的老天呀，她會砍掉我的腦袋的，一定的！我把它們掉在哪兒了呢？」

愛麗絲立刻猜到牠是在找那把扇子和那雙白羔皮手套，於是她也好心地到處尋找起來，可是哪兒也找不到。自從她掉進眼淚池塘以來，一切都好像改變了，那個有玻璃桌子和小門的大廳，已經消失得無影無蹤了。

白兔也很快看到了正在四處尋找失物的愛麗絲，氣呼呼地扯著嗓門喊：「喂，瑪麗安，你跑到這裡來幹嘛？快回家去，給我拿手套和扇子來！這就去，快點！」愛麗絲給嚇住了，顧不得上去解釋這場誤會，趕緊往白兔指的方向跑去。

「他把我當成他的女僕了！」她邊跑邊想：「要是他看清楚我是誰，準會大吃一驚的！可是我最好還是幫他把手套和扇子找回來——只要我能找得到。」剛想到這，就到了一幢整潔的小房子跟前，門上掛著一塊亮錚錚的黃銅牌子，上面刻著「白兔先生」。她沒有敲門，一進去就急忙往樓上跑，生怕自己碰上真正的瑪麗安，沒等她找到扇子和手套就被人轟出這幢房子。

「真是奇怪，」愛麗絲想：「給一隻兔子當跑腿！看來下一步就該讓黛娜來使喚我啦！」她開始想像那種情景：「『愛麗絲小姐，快過來，準備去散步！』『我這就來，保姆！可是在黛娜回來之前，我得守住老鼠洞，不讓老鼠出來！』不過黛娜要是真的這樣支使人的話，我看家裡人也不會讓黛娜待在家裡了！」

這時，她已經走進一個整潔的小房間，窗前有張桌子，上面有一把扇子和兩、三副小小的白羊皮手套，正合所望。她拿起扇子和一副手套，正準備離去，卻看到了鏡子旁邊有一個小瓶子。這回瓶子上沒寫著「喝我」，可是她卻拔開瓶塞就往嘴裡倒。「每次我只要吃了什麼或者喝點什麼，就準會發生一些有趣的事，」她想：「所以我要看看這一瓶有什麼結果。我真希望它能讓我重新長大。老是這麼一丁點大，真叫人心裡煩透了！」

小瓶果然顯了效，而且比她期望的還快！沒等她喝到一半，她的腦袋已經頂到了天花板，只好彎下腰，免得把脖子給折斷。她趕緊扔掉瓶子，心裡說：「夠啦，可別再長了——就算這樣，

我也已經出不了屋了——我要是少喝點就好啦！」

唉，現在後悔已經太遲了！她還在不斷地長啊，長啊，很快就不得不跪在地板上了。再過一分鐘，連跪著也不行了，她只好用胳膊肘拄地，另一條胳膊抱住脖子，費力地躺在地上。可是她仍在繼續長。萬般無奈的愛麗絲只得把一條胳膊伸出窗子，一隻腳伸進煙囪，喃喃自語道：「現在我再也沒有辦法應付啦！不知道接下來又會怎麼樣？」

幸運的是，這小瓶的魔力已盡，她不再長大了，不過她仍然擠得很難受，而且好像也沒辦法出去。難怪愛麗絲悶悶不樂。

「家裡有多好啊！」可憐的愛麗絲想：「在家裡不會一會兒變大，一會兒變小，也不會被老鼠和兔子使喚。我差點要希望自己沒跳進這個兔子洞了。可是……可是真的，這種遭遇太離奇了，我一點兒也不知道自己還會碰上什麼事！過去我常讀童話，總認為書裡講的那種事絕不會發生，可是現在我真碰上這種事了！應該有本寫我的書，應該如此！等我長大後，我要寫一本……可是我現在已經長大了；」她傷心地說：「至少這兒沒地方再讓我長下去了。」

「不過，這樣我的年齡就不會長了吧？」愛麗絲想：「這可以算是個安慰，我永遠不會變成老太婆了？可是，這樣就得老是去上學了！噢，那我可不願意！」

「嘿，你這個傻瓜愛麗絲！」她又回答自己說：「在這兒你怎麼能上學呢？這間屋子連自己一個人都快裝不下了，哪兒還能有放課本的地方？」

她就這樣不停地往下說，先裝成一個人，再裝成另外一個人，讓這個角色說了一大堆話。幾分鐘後，她聽到外面有人說話，便停下來傾聽。

「瑪麗安！瑪麗安！」外面的聲音在喊：「趕快把我的手套拿來！」接著是一串小腳步上樓的聲音。愛麗絲知道這是兔子來找她了；但她忘了自己現在已經比兔子大了上千倍，根本不必怕牠，還是嚇得發抖，連房子都給搖動了。

兔子到了門前，想推開門。但門是朝裡開的，愛麗絲的胳膊肘正好頂著門，結果是兔子白費勁。愛麗絲聽到牠自言自語：「那我就繞到後頭爬窗進去。」

「你辦不到！」愛麗絲想。她等了一會，直到聽見兔子到了窗下，她突然伸出手去猛力一抓。她沒抓到什麼東西，可是卻聽見一聲尖叫。兔子摔倒了，還有一陣打碎玻璃的聲音。從這些動靜聽得出來，兔子是摔進一個玻璃溫室之類的地方裡去了。

緊接著便傳來了兔子憤怒的喊聲：「帕特，帕特！你在哪兒？」一個她從沒聽過的聲音說：「我在這兒呢！在挖蘋果窖，先生！」

「還挖什麼蘋果窖！」兔子狠狠地說。「過來，幫我離開這裡！」接著又是一陣打碎玻璃的聲音。

「告訴我，帕特，窗子裡頭是什麼？」

「嗯，是條胳膊，先生！」（他念成了「苛婆」）

「是胳膊？你這頭蠢豬，哪有這麼大的胳膊？好傢伙，把整個窗戶都塞滿了！」

「沒錯，是塞滿了窗戶，先生，可是它還是條胳膊。」

「哎，它沒權利留在那兒。不管怎麼樣，你去把它弄掉！」

接下來，靜了好一會兒，愛麗絲只能偶爾聽見幾句耳語：「是的，先生，我不喜歡這麼幹，一點也不喜歡！」、「照我說的幹，你這膽小鬼！」

愛麗絲又伸出手去猛抓了一把。這回聽到的是兩聲尖叫和更多的打碎玻璃聲。「這兒準有好多好多的玻璃溫室！」愛麗絲想：「不知道他們下一步要幹什麼，會不會企圖把我拉出窗外。要真這樣就好了，我實在不願在這裡再待下去了！」

她等了一會兒，外面什麼動靜也沒有。最後傳來了小車輪的滾動聲，還有一片七嘴八舌的說話聲。她聽到：「另外一個梯子呢？……嘿，我只拿了一個，另一個比爾拿著……比爾，小伙子，把它拿過來……過來，放在這個角落上……不，先綁到一塊，現在還不到一半高呢……咳，他們會弄好的，你別挑剔啦……來，比爾，抓住這根繩子呢……屋頂受得了嗎？……小心，那片瓦鬆了……哎呀，它掉下來了，快低頭！（嘩啦一聲響）……怎麼搞的？……我猜是比爾吧……讓誰從煙囪裡下去？呢……不，我不去！你來幹……我可幹不了……該讓比爾下去呢……來吧，比爾，主人說讓你下煙囪！」

「哦，這麼說，是那個比爾要從煙囪裡下來了。沒錯！」愛麗絲想：「嘿，他們好像把什麼事都推到比爾身上。比爾可夠倒楣的！說實在的，這個壁爐很窄，可是我想我還是可以小小地踢牠一傢伙。」

她盡力把伸在煙囪裡的腳往後回收。等聽到一隻小動物（她猜不出是什麼動物）在煙囪裡連滾帶爬地跌近了她，愛麗絲想：「這就是比爾吧？」她使勁踢了一腳，等著瞧後果會如何。

她先是聽見一片喊聲，「比爾飛出來啦！」然後聽兔子說：「籬笆邊的人，抓住牠！」沉寂了一會後，又是一陣亂轟轟地嚷嚷：「抬起牠的頭呢……拿白蘭地來……別嗆著牠……怎麼樣，

伙計？剛才是怎麼啦？快告訴我們！」

最後——傳來的是一個尖細而微弱的聲音。愛麗絲想，大概這就是比爾！「唉，我也搞不清呢……再不要啦，謝謝，現在我好多了……可是事情太突然了，我沒法說清楚……我只知道有個什麼東西像個玩具跳偶似地撞過來，我就像個焰火彈似地飛了出來！」

「伙計，你是像給點著了射出來一樣！」另一個聲音說。

「咱們必須把房子燒掉！」這是兔子的聲音。

愛麗絲使足了勁喊道：「要是你們敢，我就叫黛娜來抓你們！」

一陣死一般的沉寂——愛麗絲心裡說：「不知道牠們接下來要幹什麼？要是牠們夠聰明的話，就該把房頂拆掉。」

過了一兩分鐘，牠們又開始走動起來。只聽見兔子說：「開頭有一推車就夠了。」

「一推車什麼呀？」愛麗絲想。但沒過多久就不用她猜了——窗子裡瀉進了一陣雨點般的小卵石，有些還落到了她的臉上。「我得讓牠們住手，」愛麗絲想道，大喊一聲：「你們還是停下來吧！」外面頓時又靜了下來。

愛麗絲驚奇地注意到，那些小卵石落到地板上之後都變成了小小的糕點。她的腦袋瓜裡立刻閃過一個聰明的念頭——「要是我吃了這些小糕點，準會讓我的大小再變一變吧！反正現在我已經不可能變得更大了，那麼它們說不定會把我變小。」

於是，她就吃了一塊糕，並高興地發現自己果真馬上變小了。她剛縮到能穿過房門的尺寸，就立刻跑了出去。外面有一大群小鳥、小獸，中間是那隻可憐的小壁虎比爾，兩隻天竺鼠正扶著牠用瓶子灌牠喝什麼東西。愛麗絲剛露面，牠們就全都衝了過來。她拼盡了全力才總算逃脫，躲進了一處茂密的樹叢。

愛麗絲一邊在樹林裡穿行、一邊想：「我要做的第一件事是再變大到正常尺寸，第二件事就是想辦法找到通往那個可愛的花園的道路。我看這個計劃是最好的了。」

不用說，這個計劃真是棒極了，安排得乾淨俐落，簡簡單單。唯一困難的是，她根本不知道從何著手完成。正當她在林中焦急地四下張望時，頭頂突然傳來尖細銳利的狗叫聲。她趕緊抬頭往上瞧。

一隻好大好大的狗崽子正瞪著又大又圓的眼睛朝下瞪著她，還伸出了一隻爪子，試圖抓她。「可憐的小傢伙！」愛麗絲用哄小孩的口氣說，一邊還鼓足勇氣朝牠吹口哨。可是實際上她怕得要命——如果這隻小狗餓了，那麼不管她怎麼哄牠，牠還是很可能把她吞下去的。

愛麗絲實在不知道怎麼辦好，順手撿起一根小樹枝伸向小狗。小狗立即跳了起來，高興地大叫一聲，朝樹枝撲了過來，鬧著玩似地要去撕咬它。愛麗絲趕緊躲到一棵大薊草後，免得給小狗撞倒。她剛從薊草的另一邊露出頭來，小狗又朝她手裡的樹枝衝來，結果跑得太急，不但沒咬到樹枝，反而翻了個跟斗。愛麗絲覺得自己就像在同一匹馬兒玩耍，隨時都有被小狗踩到腳下的危險。她再次繞著薊草跑動，小狗對著樹枝又是一陣猛撲，每次都撲過了頭，只好再退回去聲嘶力竭地吠叫。最後牠遠遠地蹲下了，直喘著粗氣，舌頭伸出老長，那對大眼睛也半閉上了。

這可是愛麗絲逃跑的好機會，她轉身就跑，一直跑到精疲力盡，氣喘吁吁的小狗叫聲也快聽不見時，她才停了下來。

「可是牠真是奇怪好玩的小狗！」愛麗絲靠在一株毛茛草上休息，一邊用一片草葉扇著、一邊說：「要是我能像……像過去那樣大小，我會教牠玩許多把戲的。噢，天哪，我差點忘了我必須再次長大了！讓我想想……該怎麼樣才能做到呢？我該吃點或喝點什麼東西才對。可是問題是該吃喝點什麼？」

是啊，現在她到底該吃喝點什麼呢？愛麗絲看遍了周圍的花草，卻沒有發現什麼東西像是有那種魔力的。離她不遠處長著一只大蘑菇，差不多跟她一般高。她仔細看了蘑菇的下面、邊沿和背面，突然覺得該看看上面有什麼東西。

她踮起腳尖，沿著蘑菇的邊往上瞧，立刻就看到了一條大大的藍色毛毛蟲，正抱著胳膊坐在蘑菇頂上，安靜地抽著一個長長的水煙筒，根本沒注意到她，一副「兩耳不聞窗外事」的模樣。

第五章、毛毛蟲的建議

毛毛蟲和愛麗絲默默地彼此注視了好一會。最後，毛毛蟲從嘴裡拿出了水煙筒，用慢吞吞、懶洋洋的聲音同她搭腔了。

「你是誰？」毛毛蟲問。

這種開場白對談話來說顯然不大帶勁，愛麗絲羞怯地回答說：「我……現在我很難說，先生……至少在今天起床時，我還知道自己是誰，可是我覺得打從那時候起，自己已經變了好幾回了。」

「你這是什麼意思？」毛毛蟲一派嚴厲地說：「你自己解釋一下！」

「恐怕我沒法解釋，先生！」愛麗絲說：「你瞧，因為我已經不是我自己了。」

「我瞧不出。」毛毛蟲說。

「恐怕我沒法講得更清楚些了，」愛麗絲很有禮貌地回答：「因為我完全不明白是怎麼開始的；一天裡改變好幾次大小，會把人給搞糊塗的。」

「不會的。」毛毛蟲說。

「唉，也許你現在還沒法體會，」愛麗絲說：「可是當你必須變成一隻蝶蛹的時候——你知道，總有一天你會這樣的——然後再變成一隻蝴蝶，我想你會覺得有點奇怪的，對嗎？」

「沒有的事。」毛毛蟲說。

「嗯，也許你的感覺跟別人不一樣?!」愛麗絲說：「可是我覺得呀，這事怪透了！」

「你？」毛毛蟲輕蔑地說：「你是誰？」

這一來，他們又回到了談話的開頭。愛麗絲對毛毛蟲那種又短又硬的回答有點冒火了，挺直身體，一本正經地說：「我想應該是你先告訴我，你是誰？」

「憑什麼？」毛毛蟲說。

這下雙方又僵住了。

愛麗絲想不出什麼理由來回答，毛毛蟲也好像很不高興，她只好轉身離去。

「回來！」毛毛蟲在她身後叫道：「我有要緊的話想說。」

這話聽起來當然叫人高興多了，愛麗絲轉身走了回來。

「別發火。」毛毛蟲說。

「就這句話嗎？」愛麗絲強忍住怒氣問。

「不！」毛毛蟲說。

愛麗絲想：反正沒什麼事，不如在這兒等一會，也許到後來毛毛蟲能說點值得一聽的話。有好幾分鐘，毛毛蟲只是一個勁兒地噴著煙霧，最後總算鬆開抱著的胳膊，拿下嘴裡的水煙筒，說：「你是覺得自己已經變了，對嗎？」

「恐怕是的，先生！」愛麗絲說：「我過去記得的事全忘了，而且身材大小不一會兒就一變，連十分鐘都保不住！」

「你忘了些什麼？」毛毛蟲問。

「唉，我想背《小蜜蜂怎麼幹活》，可是背出來全變樣了！」愛麗絲非常傷心地說。

「那麼背《你老啦，威廉爸爸》！」毛毛蟲說。

愛麗絲疊起雙手，開始背了——

「你老啦，威廉爸爸！」年輕人說，
「你的頭髮已經全白，
可是，你老是頭朝下倒立，
你這把年紀？這種事還合適嗎？」

「我年輕的時候，」威廉爸爸回答兒子，
「我怕這樣會損壞腦子，
可是，現在我的腦袋已經完全空啦，
所以怎麼倒也沒關係。」

「我剛才說過，你老啦，」年輕人說，
「你已經變得又肥又胖，

可是，你卻一個跟斗翻進門來，
請問這是怎麼回事？」

「我年輕的時候，」老爸爸晃著灰白的捲髮，
「我總是用這種油膏來
保持四肢柔軟——一個先令一盒——
我賣給你兩盒好嗎？」

「你老啦，」年輕人說，
「你的下巴本該軟得只能喝點稀湯，
可是，你把一隻整鵝連頭帶骨全都吃光。
請問你怎麼能做到這樣？」

「我年輕時研究法律，」爸爸說，

「每個案子都要同妻子辯論，
因此，我練得下巴肌肉發達，
　使我受用終身。」

「你老啦，」年輕人說，
「很難想像你的眼睛跟以前一樣閃亮，
可是，你居然能在鼻尖上豎起一條鰻魚，
你怎麼幹得這樣棒？」

「夠啦，我已經回答了三個問題！」
　爸爸說道，「你別再臭美，
難道我會整天聽你肆言無忌？
　滾吧，不然我就把你踢下樓梯！」

「背得不對。」毛毛蟲說。

「恐怕是不太對，」愛麗絲怯怯地說：「有些詞兒已經變了。」

「從頭到尾都錯了。」毛毛蟲斷然宣稱。

兩人都沉默了一會。

最後，還是毛毛蟲先開口，「你想變成多大的尺寸？」

「噢，尺寸大小我倒不怎麼在乎！」愛麗絲急忙答道：「可是你知道，誰也不喜歡老是變來變去的。」

「我不知道。」毛毛蟲說。

愛麗絲不吭聲了。她這輩子還從來沒讓人這麼搶白過；實在是有點憋不住火了。

「現在這樣子你覺得滿意嗎？」毛毛蟲問。

「嗯，如果你不在意的話，先生，我想變得再大一點。」愛麗絲說：「三吋的身高實在太可憐了。」

「這個身高剛剛好！」毛毛蟲生氣地說，一邊還使勁挺直了身子——恰好三吋高。

「可是，我不習慣這個身高！」可憐的愛麗絲哀求地說。心裡想著：「但願這個傢伙不會給我惹惱了！」

「你很快就會習慣的。」毛毛蟲說，接著又把水煙筒放進嘴裡，抽了起來。

這回，愛麗絲很有耐心地等他自己開口。不多久，毛毛蟲拔出嘴裡的水煙筒，打了兩個哈欠，搖了搖身體，然後爬下蘑菇，朝草地爬去。牠嘴裡只咕噥出了一句話：「一邊使你長高，一邊使你變短。」

「什麼東西的一邊？什麼東西的另一邊？」愛麗絲心裡暗問。

「蘑菇。」毛毛蟲說，就好像愛麗絲在問她似的。一眨眼，牠已沒了蹤影。

愛麗絲站在那兒，仔細打量著這只蘑菇，努力想弄明白哪兒算是它的兩邊。由於蘑菇呈正圓形，想要弄明白這個問題可不容易。最後她使勁伸長雙臂環抱住蘑菇，用兩隻手分別辦下了一塊蘑菇邊。

「可是，到底哪邊是哪邊呢？」她問自己。在右手那塊蘑菇上咬了一小口，試試會怎麼樣。結果下巴立刻狠狠地撞了一下——原來下巴已經碰到腳了！

這突如其來的變化把她嚇壞了！她明白自己這下縮得太快，再不抓緊時間就完了。於是她趕緊去咬左手的那塊蘑菇。雖然她的下巴緊緊地壓在腳上，幾乎張不開嘴，但她還是咬到了一小口，並且使勁咽了下去。

「哈，我的腦袋總算自由了！」愛麗絲高興地叫。可是，她的高興立刻變成了恐懼——她發現自己的肩膀找不到了，低下頭只能看見老長老長的脖子，活像是一根聳立在腳下綠色海洋中的高大樹幹。

「那片綠色是什麼呢？」愛麗絲說：「我的肩膀又到哪兒去了？哎，我可憐的雙手啊，怎麼樣才能再見到你們呢？」她一邊說，一邊揮動雙手。可是除了下面遙遠的綠葉叢中起了一絲顫動外，其他什麼也看不見。

看起來，她是沒指望把手舉到頭上來了，她只好拼命低下頭去找手。她很高興地發現，自己的脖子居然像蛇一樣可以隨意向任何方向扭動，她成功地把脖子彎成了一個漂亮的之字形，準備伸往下面的那片綠色海洋中去，結果發現那不是別的，而是她曾經轉悠過的森林的樹梢。就在這時，一陣尖厲的嘶聲使她急忙縮回了頭——一隻大鴿子掠過了她的臉，用翅膀猛烈地拍打她。

「蛇！」鴿子尖叫道。

「我不是蛇！」愛麗絲生氣地說：「你走開！」

「蛇！沒錯！，」鴿子又叫道，但聲音已經放低些了。接著，牠又帶著哭腔說：「我各種方法都試過了，可是好像沒有一樣能讓牠們滿意！」

「我一點也聽不懂你在說什麼！」愛麗絲說。

「我在樹下、河岸邊和林叢中都試過了，」鴿子並沒有理會她，還是一個勁兒往下說：「可是那些蛇，沒法讓牠們高興！」

愛麗絲越聽越糊塗。她知道，鴿子不說完，她再說什麼也白搭。

「光是孵蛋就夠麻煩了，」鴿子說：「可是我還得日日夜夜提防蛇。天哪，這三個星期我連眼都沒闔上過哩！」

「你被擾亂得不得安寧，我很難過！」愛麗絲開始有點明白鴿子在說些什麼了。

「剛才我找了棵森林裡最高的樹，」鴿子的聲音越來越高，又成了變聲的嘶叫，「我想總算擺脫牠們了，可是牠們還是要彎彎曲曲地從天上下來！呸，蛇！」

「可是我不是蛇，我告訴你！」愛麗絲說：「我是……我是……」

「哼，你是什麼？」鴿子說：「我看得出你正在想法子編謊！」

「我是……是個小姑娘。」愛麗絲說。自己也有些拿不準，因為這一天以來她所經歷的變化實在太多了。

「編得還真像呢！」鴿子輕蔑地說：「我這輩子見過許多小姑娘，可是沒一個有這麼長的脖子。沒有，沒有！你是條蛇，否認也沒用！我猜你接下來還要告訴我，你從來沒吃過一個蛋吧！」

「我確實吃過蛋。」愛麗絲說；她是個誠實的孩子，「你知道，小姑娘也像蛇一樣，要吃好多蛋的。」

「我不相信！」鴿子說：「但如果她們吃蛋的話，我只能說她們也是一種蛇。」

愛麗絲從來沒聽過這種道理，一下愣住了。鴿子趁這機會又說：「你是在找蛋，我知道這一點就足夠了；你是小姑娘還是蛇，對我來說都一樣。」

「對我來說可很不一樣。」愛麗絲趕緊說：「但說實話，我並不是在找蛋；就算我在找蛋，我也不要你的蛋——因為我不吃生蛋。」

「哼，那你就滾吧！」鴿子惱怒地說；飛下去鑽進牠的窩裡。愛麗絲費勁地往樹林裡蹲，因為她的長脖子常常會給樹枝纏住，要停下來解開。過了一陣，她想起手裡還拿著的那兩塊蘑菇，便非常小心地先咬這塊，再咬咬那塊，人也一會兒長高，一會兒變矮，最後——終於使自己達到了平常的身高了。

由於她的身體已經好久不是大就是小了，所以一開始還覺得怪怪的呢。不過沒幾分鐘也就習慣了，開始像平常那樣自言自語起來：「嘿，現在我的計劃已完成一半啦！這麼變來變去可真夠奇怪的，我根本沒法知道自己下一分鐘會變成什麼樣兒！現在我好歹算是回到了正常的大小，接下來該到那個漂亮的花園去了。可是又怎麼個去法呢？」

正說著，眼前突然出現一片空地，地上有一座四呎高的小房子。愛麗絲想：「不管裡面住的是誰，我現在這樣的大小是不能進去的——非把他們嚇傻了不可！」她開始小口小口啃了幾口右手拿著的蘑菇，直到把自己變得只有幾吋高，這才朝小房子走去。

第六章、小豬和胡椒

她在小房子前站了一會兒，心裡琢磨著該怎麼做。突然一個穿著制服的僕人從樹林裡跑了出來，用拳頭使勁砸門。（愛麗絲想，要是不看制服，光看他的臉，他壓根兒就是一條魚。）另一個穿制服的僕人來開了門；他長著一張圓臉，有一雙青蛙般的大眼睛。愛麗絲注意到這兩個僕人都戴著撲了粉的假髮，捲捲曲曲地蓋住了整個腦袋。這是怎麼回事？她好奇急了，便悄悄地從樹林裡走出幾步偷聽。

魚僕人從腋下拿出一封很大的信（差不多有他的全身那麼大），遞給對方說：「致公爵夫人。王后邀請她去玩槌球。」青蛙僕人只不過把詞序改變了一下，用同樣一本正經的聲調重複道：「來自王后。邀請公爵夫人去玩槌球。」

然後，他們深深相對鞠一躬，結果兩個人的假髮都纏到一起了。

愛麗絲簡直要笑壞了，她趕緊跑進樹林裡好遠，免得被他們聽到。等她再溜出樹林時，魚僕人已經走了，青蛙僕人坐在門口的地上，愣愣地望著天空出神。

愛麗絲怯怯地走過去，敲了敲門。

「再敲也沒用！」青蛙僕人說：「原因有二：首先，我跟你一樣，都在門外；其次，他們在裡面鬧得太厲害，根本不可能聽到你敲門。」果然，裡面確實鬧得夠勁：嚎叫聲和噴嚏聲接連不斷，乒乒乓乓聲此起彼伏，好像是然子或瓷壺被砸碎的聲音。

「那麼請問，」愛麗絲說：「我該怎麼進去呢？」

青蛙僕人沒理會愛麗絲，還在一個勁往下說：「如果這扇門是在我們倆之間，你敲門可能還有點意義。比方說，你在裡面敲門，我可能讓你出來。」他說話時眼睛一直是朝天看的；愛麗絲覺得這很不禮貌，她心想：「不過可能他自己也沒辦法，因為他的眼睛長得太靠腦門子。但是，他至少該回答我的問題。」她又大聲地問了一句：「我該怎麼進去呢？」

「我就坐在這兒，直到明天……」

就在這時，小房子的門開了，一只大盤子朝著僕人的腦袋飛了過來，從他的鼻尖上擦過，撞到他身後的樹上砸得粉碎。

「……也許是再下一天。」僕人聲調不變地繼續說，就像什麼也沒發生。

「我該怎麼進去呢？」愛麗絲更大聲地問。

「你到底想不想進去呢？」魚僕人問：「要知道，這是首要的問題。」

話當然沒錯，只是愛麗絲不喜歡人家用這種口氣說話。「討厭！」她喃喃自語道：「這些動物頂起嘴來全都一個樣兒，真能把人逼瘋了。」

魚僕人大概覺得這是個饒舌的好機會，換了個說法，又老調重彈了：「我就坐在這兒，從早到晚，一天又一天……」

「可是我該幹什麼呢？」愛麗絲問。

「幹什麼都行。」魚僕人說，開始吹起口哨來。

「咳，跟他說簡直白搭，」愛麗絲失望地說：「他完全是個白痴！」她推開門，自己進去了。

門直通一間很大的廚房，裡面到處煙霧騰騰。廚房中央有張三腳凳，公爵夫人正坐在上面照料一個嬰孩。廚子俯身在爐火上的一口大鍋裡攪拌著，鍋裡像是盛滿了湯。

「湯裡的胡椒實在太多了！」愛麗絲一邊使勁打噴嚏、一邊想。

屋裡的胡椒味確實夠濃的，連公爵夫人也在不停地打噴嚏。至於那個小孩，不是打噴嚏就是哭叫，一刻也不停。不打噴嚏的只有廚子

和一隻大貓，牠正趴在爐子旁邊，笑得嘴都咧到耳邊了。

「請告訴我，」愛麗絲有點膽怯地問，因為她不太清楚自己先開口是否合規矩，「為什麼你的貓能這樣笑呢？」

「因為她是柴郡貓，❶」公爵夫人說：「所以會這樣笑。豬！」

公爵夫人突然惡狠狠地罵出最後那個字來，把愛麗絲嚇了一跳。但她馬上發覺公爵夫人罵的是那個嬰孩，並不是自己，這才鼓起勇氣接著問。

「我不知道柴郡貓會老咧著嘴笑；實際上，我根本不知道貓會這樣笑呢！」

「牠們會的；」公爵夫人說：「大多數都會。」

「我從來沒見過。」愛麗絲有禮貌地說，很高興能開始談話了。

「你知道得太少了，」公爵夫人說；「這是明擺著的。」

愛麗絲不喜歡她說話的口氣，心想最好能換個話題。

正在她想詞兒的時候，女廚子把湯鍋從火上端開了，並且立刻把她隨手能搆到的每樣東西朝

---

❶ 柴郡是英格蘭的一個郡名（英國的行政區域單位）。咧嘴而笑的柴郡貓因本書得名，西方也因此將咧嘴傻笑的人或動物稱為柴郡貓（cheshire cat）。

公爵夫人和嬰孩扔過來——先是鉗火鏟，接著便是雨點般的平底鍋、盆子、盤子。公爵夫人根本沒多加理會，甚至打到身上都不在乎。那個小孩都早就在沒命地哭了，也看不清楚這些東西砸到他了沒有。

「嘿，你這是幹嘛！」愛麗絲嚇得直蹦，大聲叫道：「哎喲，他那小鼻子要完啦！」一只特大的平底鍋緊貼著他的鼻子飛過，差一點就把它削掉了。

「如果每個人都少管閑事，」公爵夫人嘶吼道：「地球就會比現在轉得快許多。」

「這算不上好事！」愛麗絲說，很高興有個機會顯示一下自己的知識，「想想看，這會給白天和黑夜帶來什麼結果呢？你知道地球繞地軸轉一圈要二十四個鐘頭……」

「既然說到頭了，」公爵夫人說：「把她的頭砍掉！」

愛麗絲害怕地瞧了瞧女廚子，生怕她會執行這個命令。幸好女廚子正忙著攪湯，好像並沒有聽到，所以她接著說：「我想是二十四個鐘頭；也許是十二個鐘頭，我……」

「喂，別煩我！」公爵夫人說：「我最討厭數字！」說完她又去哄孩子了，嘴裡唱著一種奇怪的催眠曲；每唱到一句話的末尾，就要把孩子狠命地搖幾下——

對你的小男孩說話要狠，
他打噴嚏你就揍；
他這樣幹只是為了搗亂，
根本是在鬧著玩。

這時女廚子和嬰孩跟著齊聲合唱——

哇！哇！哇！

公爵夫人唱第二段歌時，把嬰孩使勁地扔上扔下；可憐的小傢伙哭得愛麗絲都快聽不清楚歌詞了。

我對小孩說話嚴厲，
他打噴嚏我就猛揍；

只要他願意，

儘管去欣賞胡椒的味道！

合唱——

哇！哇！哇！

「過來！你願意的話就抱抱他！」公爵夫人對愛麗絲說，把小孩扔給了她，「我要陪王后玩槌球去了，得準備一下。」說完她匆匆離開了房間。廚子衝著她扔了只煎鍋，但是沒打著。

愛麗絲費點勁兒才抓住那個小孩，因為這個小東西樣子太怪了，胳膊和腿四下伸開。「活像隻海星。」愛麗絲想。可憐的小東西在她手裡像台蒸汽機似的呼哧呼哧，身體一會兒蜷起來，一會兒伸開去，折騰個沒完，一開始就搞得愛麗絲手忙腳亂。

最後，她總算找到了拿住他的正確方法：把他像打結似地團在一起，再緊抓住他的右耳和左腳，他就沒法再伸胳膊蹬腿了。她趕緊把小孩帶到屋外去。「要是我不把這個小孩帶走，」愛麗絲想：「她們不出一兩天準會把他打死。留他在這兒等於害了他。」

她想著想著，不覺說出了聲。小傢伙呼嚕一聲算是回答（這段時間他已不打噴嚏了）。「別呼嚕了，」愛麗絲說：「這樣做不像話。」

小孩子又呼嚕了一聲。愛麗絲擔心地看了看他的臉，想弄明白到底是怎麼回事。奇怪，他的鼻孔朝天，跟常人完全不同，眼睛也小得沒個人樣了。愛麗絲一點也不喜歡這副嘴臉。「也許他是在哭吧！」愛麗絲想，瞧了瞧他的眼睛，想看看有沒有眼淚。

沒有，一點眼淚也沒有。「親愛的，如果你變成了一隻豬，」愛麗絲嚴肅地說：「我就不再管你了。留神！」可憐的小東西又抽泣了一聲（也許是又呼嚕了一聲，沒法說清到底是哪一種）。

兩人默不出聲地走了一會。「唉，我回家後把這個小東西怎麼辦呢？」正在愛麗絲這麼想的當兒，他又呼嚕了一下，聲音好大。她立刻警覺地低下頭瞧他的臉。這回可錯不了啦，牠完完全全是頭豬。愛麗絲覺得，再帶著牠走未免太荒唐了。

於是，她放下這個小東西，目送著牠很快地跑進樹林，心裡一陣輕鬆。「要是牠長大了，」愛麗絲想：「準會是個可怕的醜孩子。不過，我看牠倒是隻漂亮的豬。」接著，她開始一個個去想自己認識的孩子，看看誰變成豬更像樣些。

她剛想對自己說：「只要有人告訴他們變化的方法……」就看到了蹲在樹枝上的柴郡貓，離她只有幾碼遠，把她嚇了一跳。

貓瞅著愛麗絲只是咧開嘴笑。看上去脾氣倒挺好，愛麗絲想。可牠仍是隻有很長的爪子和好多牙齒的貓，對牠還是尊敬些為妙。「柴郡貓兒，」她有些膽怯地開口道，不知對牠是否該用這個稱呼。幸好牠笑嘻嘻的嘴咧得更大了。「行，牠挺高興哩！」愛麗絲想，接著往下說；「勞駕，請你告訴我，離開這裡該走哪條路？」

「這要看你想上哪兒去?!」貓說。

「去哪兒我都不在乎。」愛麗絲說。

「那你走哪條路都沒關係。」貓說。

「只要能走到一個地方。」愛麗絲解釋道。

「哦，那沒問題，」貓說；「只要你走得夠遠就行了。」

（貓的意思是：別害怕未知，只要你一直走，總會走到什麼地方的。）

愛麗絲覺得這種話總是有道理的，再爭也白搭，就想法換了個話題，「那麼，在這周圍住的都是誰？」

「在這個方向，」貓說著用右爪劃了個圈，「住著一個帽匠；在那個方向，」它又一揮左爪，「住著一隻三月兔。你願意去見誰都行——他們倆全是瘋子。」

「我可不想跟瘋子摻合。」愛麗絲回答。

「噢，那就沒法子了！」貓說：「我們這兒全是瘋子。我是瘋子，你也是瘋子。」

「你怎麼知道我是瘋子？」愛麗絲問。

「你就是！」貓說：「不然你也不會到這兒來了。」

愛麗絲心裡想著，這根本不能證明她是瘋子。不過，她還是接著問：「你又怎麼知道自己是瘋子呢？」

「就從這兒說起吧！狗是不瘋的，」貓說：「你同意嗎？」

「我想是吧！」愛麗絲說。

「那好吧！」貓繼續說：「你瞧，狗生氣時就吼叫，高興時就搖尾巴。可是我卻是高興時就吼叫，生氣時就搖尾巴。所以我是瘋子。」

「你那是哼哼，不是吼叫。」愛麗絲說。

「你怎麼說都行。」貓說：「你今天同王后玩槌球嗎？」

「我倒是很喜歡玩槌球，」愛麗絲說：「可是並沒有誰請我去呀！」

「你會在那兒見到我的。」貓說，突然消失了。

愛麗絲對此並不太驚奇，她已經習慣這些不斷發生的怪事了。就在她瞧著貓消失的那個地方時，牠又冷不防出現了。

「順便問一下，那個嬰孩變成什麼了？」貓說：「我差點忘記問了。」

「變成一頭豬了。」愛麗絲泰然地回答，就好像貓一會兒消失、一會兒出現是很正常的事。

「我知道會那樣的。」貓說著又消失了。

愛麗絲等了一會兒，多少有點希望還能再看見那隻貓。可是牠一直沒出現，於是她就朝三月兔住的方向走去。「帽匠我以前見過；」她對自己說：「三月兔嘛，一定很有趣！現在是五月，也許牠不會太瘋——至少不會比三月裡更瘋吧！」說話問她抬起頭，又看到了蹲在一根樹枝上的柴郡貓。

「你剛才說的是豬、還是竹？」貓問。

「我說的是豬。我希望你別老是一會兒出現，一會兒消失，把我的頭都搞暈了。」

「好吧！」貓說。這回牠消失得非常慢，從尾巴梢到腦袋，一點一點地隱去，直到身體都不見了好久，那張咧開嘴笑的臉還懸在那裡。

「哎呀，我常看見沒有笑臉的貓，」愛麗絲想：「可是居然還有沒有貓的笑臉！這輩子我還沒見過這麼奇怪的事呢！」

她沒走多遠，就見到了三月兔的房子。她想這準沒錯，因為煙囪像極了大耳朵，屋頂鋪著兔子毛，房子很大。她不敢就這麼走近，她咬了一點左手裡的蘑菇，使自己長到兩呎高，這才怯怯地往前走，邊對自己說：「要是牠瘋得要命可怎麼辦？我還不如去看帽匠呢！」

第七章、發瘋的茶會

房前的一排樹下放著張桌子，三月兔和帽匠正坐在桌旁喝茶。他們中間坐著一隻睡鼠❶，呼呼大睡。三月兔和帽匠把胳膊支在睡鼠身上，拿牠當墊子了，就在牠的腦袋頂上談話。

「睡鼠太不舒服了！」愛麗絲想：「不過牠睡著了，大概也就不在乎啦！」

桌子很大，可是他們三個都擠在桌子的一角。

「沒地方啦！沒地方啦！」他們看見愛麗絲走過來就大聲嚷起來。

「地方有的是！」愛麗絲憤憤地說，在桌子一端的大扶手椅裡坐下了。

「喝點酒吧！」三月兔熱情地說。

愛麗絲瞧了瞧桌上，除了茶，什麼也沒有。「我沒看見酒啊？」她問。

「是沒有酒。」三月兔說。

❶學名叫榛睡鼠，有二十多種，以嗜睡聞名；有的睡鼠可以從九月份一直睡到次年四月。

「那你說喝酒就不太禮貌了。」愛麗絲不高興了。

「你沒受到邀請就坐下來，也不太禮貌。」三月兔說。

「我不知道這是你的桌子。」愛麗絲說：「它可以坐好多人呢，不止三個！」

「你的頭髮該剪了。」帽匠說。他一直好奇地打量著愛麗絲。這是他第一次開口。

「你該學會不對別人說長道短，」愛麗絲不樂意地說：「這太失禮了。」

帽匠睜大眼睛聽著，可最後卻問了這麼一句：「一隻烏鴉為什麼會像一張寫字枱呢？」

「嘿，總算碰上好玩的事了！」愛麗絲想：「我很高興他們讓我猜謎語——我準能猜出來。」最後那句話她說出了聲。

「你的意思是你能說出答案來嗎？」三月兔問。

「一點不錯。」

「那你怎麼想就怎麼說吧！」三月兔說。

「我是這樣做的，」愛麗絲急忙回答：「至少……至少我說的就是我想的——這是一回事，你知道。」

「根本不是一回事！」帽匠說：「就像你說『我吃的東西都能看見』和『我看見的東西都能吃』，那能是一回事嗎？」

三月兔也來湊熱鬧：「那麼說『我的東西我都喜歡』和『我喜歡的東西都是我的』也是一回事囉？」

睡鼠也開口了，牠那模樣像是在說夢話：「那麼說『我睡覺時在呼吸』和『我呼吸時在睡覺』也是一回事囉？」

「這對你來說確實是一回事。」帽匠對睡鼠說。

談話一下子中斷了，大家沉默了一會兒。愛麗絲趁這當兒拼命回憶關於烏鴉和寫字枱的知識，可是她實在想不起來什麼了。

結果帽匠首先打破了沉默。

「今天是這個月的幾號？」他轉過臉問愛麗絲，一邊從衣袋裡掏出了一只懷錶，擔心地看著它，還不時地拿它搖晃幾下，貼到耳邊聽聽。

愛麗絲想了一會兒，然後說：「四號。」

「差了兩天！」帽匠嘆了口氣。「我跟你說過，懷錶本來就不該加奶油的！」他忿忿地望著三月兔。

「這是最好的奶油啊！」三月兔無力地辯解道。

「不錯！但把麵包屑也帶進去了。」帽匠咕噥道：「你不該使用麵包刀的。」

三月兔拿過手錶，傷心地看了看；然後把它放進茶杯裡泡了一會，又拿出來瞧瞧。但除了重複剛才那句「這是最好的奶油」之外，三月兔想不出別的什麼話說了。

愛麗絲一直好奇地從帽匠背後看著那塊錶。「多奇怪的懷錶啊?!」她說：「它指明幾月幾號，卻不指明幾點幾分！」

「幹嘛要指明幾點？」帽匠嘀咕道：「你的錶指明哪一年嗎？」

「當然不！」愛麗絲毫不猶豫地回答：「可年份在很長時間裡是不會變的。」

「我的錶不指明幾點也是這個原因。」帽匠說。

愛麗絲完全給弄糊塗了。帽匠的話聽起來沒有任何意義，可又確實是英語。

「我不太懂你的話。」她說，儘量保持禮貌。

「睡鼠又睡著了。」帽匠說，往睡鼠的鼻子上倒了一點熱茶。

睡鼠不耐煩地甩了甩頭，沒睜開眼就說：「當然，當然，我也正要這麼說呢！」

「你猜出那個謎語了嗎？」帽匠轉過臉又問愛麗絲。

「沒有，我猜不出。」她說：「謎底是什麼？」

「我一點都摸不著竅門。」帽匠說。

「我也是。」三月兔說。

愛麗絲厭煩地嘆了口氣。

「我覺得你應該珍惜一點時間，」她說：「別浪費在猜這種沒有謎底的謎語上頭。」

「如果你像我一樣了解時間的話，」帽匠說：「就不會說什麼浪費不浪費的了。我跟時間還稱兄道弟呢！」

「我不懂你的意思。」愛麗絲說。

「你當然不懂！」帽匠得意地晃著腦袋：「我敢肯定，你從來沒跟時間說過話！」

「大概沒有，」愛麗絲小心回答：「可是我知道，學音樂時必須按時間打拍子。」

「啊，這不就結了！」帽匠說：「時間這傢伙不喜歡人家按住它打。嗯，如果你同它關係好，你要鐘錶幹什麼，它差不多都會照辦。比方說，如果早上九點，正是上課的時間，你只要悄悄地跟時間打個招呼，鐘錶就會一下子轉到下午一點半，該吃午飯了！」

三月兔喃喃自語道：「我真巴不得是這樣。」

「那確實夠棒的！」愛麗絲思索著說：「可是那時我還不餓呢，你知道。」

「也許開始時是不會餓，」帽匠說：「但只要你喜歡，你可以讓鐘錶一直停留在一點半。」

「你是這樣做的嗎？」愛麗絲問。

帽匠悲傷地搖搖頭。「不是的！」他說：「我跟時間在三月份吵了架——你知道，就在牠發瘋之前（帽匠用茶匙指了指三月兔）。那是在紅心王后舉辦的一個盛大音樂會上，我受命必須演唱——

「閃閃，閃閃的小蝙蝠，
我想知道你是啥❷？」

「你大概知道這首歌吧？」

「我們聽過跟它差不多的歌。」愛麗絲說。

「你知道，」帽匠又說：「接下來是這樣的——

「你高飛在地面上？
好像茶盤掛在天。
閃閃、閃閃……」

睡鼠晃動著身體，也在睡夢中唱開了：「閃閃、閃閃、閃閃、閃閃……」牠一直唱個沒完，

❷即流行童話「閃閃、閃閃的小星星，我想知道你是啥。」帽匠唱錯了。接下去唱的也改了詞。

他們只好推了幾下才讓牠停了下來。

「嘿，我第一段歌詞還沒唱完呢，」帽匠說：「王后就跳起來大喊：『他是在糟踏時間！砍掉他的頭！』」

「真夠野蠻的！」愛麗絲嚷道。

「打從那一刻之後，」帽匠傷心地接著說：「時間就再也不肯聽我的話了，它啊！總是停在六點鐘！」

愛麗絲的腦袋裡突然閃過一個聰明的念頭。「所以你們這兒才有那麼多的茶具吧？」她問。

「沒錯，是這麼回事！」帽匠嘆了口氣說：「老是停在喝茶的時間，沒時間去洗茶具了。」

「所以你們就老是圍著桌子轉，是嗎？」愛麗絲問。

「正是這樣，」帽匠說：「因為茶具會用髒嘛！」

「可是，你們一圈轉到頭了怎麼辦？」愛麗絲不依不饒地問。

「咱們還是說點別的吧！」三月兔打著哈欠插了進來，「我可聽煩了！我建議讓小姑娘講個故事。」

「恐怕我一個也不會講。」愛麗絲說，她對這個建議有點兒發慌。

「那麼讓睡鼠講！」三月兔和帽匠一齊喊。「醒醒，睡鼠！」他們在兩邊同時桶牠。

睡鼠慢慢地睜開眼睛，用嘶啞的聲音有氣無力地說：「我沒睡，你們剛才說的每句話，我都聽著呢！」

「給我們講個故事！」三月兔說。

「是啊，請講吧！」愛麗絲懇求道。

「而且要講得快點！」帽匠說：「不然沒等講完，你就又睡著了。」

「以前，有三個小姐妹，」睡鼠急急忙忙地開始講了：「她們的名字叫埃爾西、萊西和蒂莉。她們住在一個井底下……」

「她們靠吃什麼活下去呢？」愛麗絲問。她總是對吃喝最關心。

「她們靠吃糖漿過活。」睡鼠想了一會說。

「哎呀，那可不行！」愛麗絲小聲說：「她們會得病的。」

「她們是病了，」睡鼠說：「病得很厲害。」

愛麗絲盡力想像著這樣一種特別的生活會是什麼樣兒？可是這太費神了！所以，她繼續問：

「她們幹嘛要住在井底下呢？」

「再多喝一點茶吧！」三月兔認真地對愛麗絲說。

「我還一口沒喝呢，」愛麗絲不高興地回答：「沒法再多喝一點！」

「你得說沒法再少喝一點了，」帽匠說：「要沒喝的人再多喝一點是很容易的。」

「沒人問你！」愛麗絲說。

「現在是誰失禮啦？」帽匠得勝似地問。

愛麗絲一時不知道該說什麼好了，只好自己倒了茶，拿了點奶油麵包，轉過臉去再問睡鼠：「她們幹嘛要住在井底下？」

睡鼠又想了一會兒，然後說：「那是一口糖漿井。」

「沒有這樣的井！」愛麗絲不高興地剛說了一句，帽匠和三月兔就不停地噓她，睡鼠也惱怒地說：「如果你不懂禮貌，那麼還是你自己來把故事講完吧！」

「不，請你繼續講吧！」愛麗絲只好謙卑地說：「我不會再打岔了。是的，也許有那樣的一口井吧！」

「當然有！」睡鼠神氣活現地說，總算是又往下講了，「這三個小姐妹呀……嗯，她們在學習繪畫……」

「她們畫❸什麼呢？」愛麗絲問。她把自己剛才的保證忘了。

「糖漿。」睡鼠這次想也不想就回答。

「我想要一只乾淨的茶杯。」帽匠插嘴說：「咱們都挪一下位子吧！」

他說著就挪到了下一個位置上。睡鼠也跟著挪了。三月兔挪到了睡鼠的位子上。這次挪動只有帽匠占了便宜，愛麗絲的位子卻比剛才差多了，因為三月兔把牛奶罐打翻在盤子上了。

愛麗絲不想再惹睡鼠生氣，很小心地問：「可是我不明白，她們打哪兒把糖漿汲出來呢？」

「你能從水井裡汲水，」帽匠說：「我看你也能從糖漿井裡汲出糖漿吧——嗯，傻瓜？」

「可是，她們是住在井裡呀！」愛麗絲對睡鼠說，沒理會帽匠的諷刺。

「她們當然是在井裡囉！」睡鼠說：「還很深呢！」

這個回答把可憐的愛麗絲給難住了，所以有一段時間她只好隨睡鼠講下去，顧不上打岔了。

「她們學著畫，」睡鼠繼續說，又打呵欠又揉眼睛，因為牠已經睏得要命了，「畫各種各樣的東西，全都是用『老』字開頭的……」

「為什麼要用『老』字開頭呢？」愛麗絲問。

---

❸英語中，「畫」和「汲」都是draw，所以下面愛麗絲和睡鼠、帽匠為「畫糖漿」和「汲糖漿」亂爭了一陣。

「幹嘛不能用？」三月兔說。

睡鼠在這時已經閉上眼睛，打起了盹來，但又被帽匠掐了一下，尖叫一聲醒過來，再接著往下講：「……用『老』字開頭的東西，比方說老鼠夾子、老鷹、老實、老多——你們常說什麼東西『老多老多』，可是你見過一幅『老多老多』的畫嗎？」

「是啊，真給你問住了！」愛麗絲困惑地說：「我想沒有……」

「那你就不該說話。」帽匠說。

愛麗絲實在嚥不下這句無禮的話，她氣呼呼地站起來就走。睡鼠立刻就睡著了，另外那兩個傢伙也根本沒理會愛麗絲的離去。

愛麗絲還回頭看了一兩次，多少希望他們能叫她留下，可是並沒有這樣的事發生。她最後一次回頭時，看見他們正設法把睡鼠塞到茶壺裡去。

「說什麼我也不會再去那兒了！」愛麗絲一邊在樹林裡摸索前進、一邊說：「我這輩子從沒見過這麼蠢的茶會！」

就在她說這番話的當兒，她發現林中的一棵樹上有扇門，可以徑直走進去。

「這可是夠奇怪的，」她想：「但是今天什麼事都那麼怪。我還是馬上進去看看吧！」於是

她走進去了。

她發現自己又一次來到了那個長長的大廳，而且就在那張玻璃小桌跟前。「嘿，這回我的機會要好多了！」她在心裡說，拿起了那把金製的小鑰匙，打開了通往花園的門。然後，她咬了幾口蘑菇（她在口袋裡還留著一小塊），直到自己縮成大約一呎高，穿過了那條小小的通道。

最後，她終於來到那座美麗的花園，來到了漂亮的花圃和清涼的噴泉中間。

第八章、王后和槌球場

花園門口有一簇很大的玫瑰花叢，花兒是白色的。三個園丁正在那兒忙著把白花染成紅色。愛麗絲覺得奇怪，便想走過去瞧瞧。剛走近，就聽到一個人在說：

「小心點，五點❶！別把顏料濺到我身上！」

「我也沒辦法，」五點氣呼呼地說：「是七點碰了我的胳膊肘。」

七點抬起頭說：「得啦，五點，你老是賴別人！」

「你最好閉上嘴！」五點說：「就在昨天我還聽王后說，你該被砍頭！」

「為什麼？，」第一個說話的人問。

「這與你無關，二點！」七點說。

「不對，跟他有關！」五點說：「我要告訴你——那是因為他給廚子拿去的不是洋蔥，而是

❶ 這下面的王后及五點、七點、二點全是紙牌。

鬱金香球莖！」

七點扔下手裡的刷子，才剛一開口說：

「咳，那真是太不公平了……」一眼就看到了愛麗絲。她在站在那兒瞧著他們呢！他立刻住了口。另外兩個也轉過身來；三個人都朝她深深鞠了一躬。

「請你們告訴我，」愛麗絲怯怯地問：「為什麼要染這些花兒呢？」

五點和七點一聲不吭，兩人都望著二點。二點低聲說：「事情是這樣的，小姐，這裡本該種紅玫瑰的，可是我們弄錯了，種了白玫瑰。如果王后發現，你知道，我們全都要被砍頭。所以你瞧，小姐，我們正在盡力補救，要在王后駕臨前，把……」

正在這時，一直在不安地張望的五點大叫起來！「王后！王后！」三個園丁立刻臉朝地臥下了。一陣雜沓的腳步聲傳來，愛麗絲趕緊望過去，一心想看看這位王后。

先過來的是十位手持草花大棒的士兵；他們的模樣全和那三個園丁一樣，是長方形的平板，四個角上長著雙手雙腳。士兵後是十名飾有方塊鑽石的侍臣，他們像士兵一樣以二路縱隊並肩前行。再後面是王室的十位孩子，這些可愛的小傢伙身佩紅心、紅桃，一對對手拉著手，愉快地又蹦又跳。接下來是諸位貴賓，他們中的大多數人也是國王和王后。在這群人中愛麗絲認出了那隻白兔，牠正慌張而神經質地跟別人說話，無論聽到什麼都點頭微笑，一點也沒注意到愛麗絲就走過去了。跟著過來的是紅桃傑克，手裡托著放在紫紅色天鵝絨墊子上的王冠。

這龐大的隊伍之後，才是紅桃國王和王后。

愛麗絲不知道該不該像那三個園丁一樣，臉朝地趴下。她從來沒聽說過在王室行列經過時還有這麼一條規矩。再說要是人人都臉朝地趴下，就什麼也看不見了，這樣這個隊列還有什麼用？她心裡這樣想，便仍站在那兒看熱鬧。

隊列走到愛麗絲面前時，全都停下來看著她。

王后嚴厲地問紅桃武士：「這是誰？」

紅桃武士的回答，卻只是鞠躬和諂笑。

「笨蛋！」王后不耐煩地搖搖頭，然後轉向愛麗絲問：「你叫什麼，孩子？」

「我叫愛麗絲，尊敬的陛下。」愛麗絲彬彬有禮地回答，心裡卻暗暗嘀咕：「哼，其實他們不過是一副紙牌，用不著怕他們！」

「這三個是誰？」王后指著三個園丁問。這三個人正趴在一株玫瑰旁邊。

顯然，由於他們是臉朝下趴著的，背上的圖案又跟這副牌的其他成員一樣，王后看不出他們是園丁呢，還是士兵、侍臣，或是她自己的孩子。

「我怎麼知道！」愛麗絲回答，連自己也對這份勇氣感到有點吃驚，「這可不是我的事哦！」

王后氣得臉都紅了。她虎視眈眈地瞪著愛麗絲，尖聲叫道：「砍掉她的頭！砍掉……」

「胡說！」愛麗絲橫下了心，大聲地說。

王后倒反而不出聲了。

國王用手拉了拉王后的胳膊，怯怯地說；「冷靜點，親愛的，她還是個孩子。」

王后忿忿地轉身離開國王，一邊對武士說：「把他們翻過來！」武士用腳小心翼翼地把三個園丁翻了過來。

「起來！」王后尖聲大叫。三個園丁趕緊爬起來，開始向國王、王后、王室的孩子們以及其他在場的每個人一一鞠躬。

「停下！」王后尖叫道：「你們把我的頭都搞暈了！」接下來她看著那株玫瑰又問：「剛才你們在這兒幹什麼？」

「尊敬的陛下，」二點單腿跪地，低聲下氣地說：「我們在想辦法……」

「我明白了！」已經仔細察看過玫瑰的王后說：「砍掉他們的頭！」隊伍又繼續前行了，留下三個士兵來處死這三個倒楣的園丁。園丁們逃到愛麗絲身邊來求救。

「你們不會被砍頭的！」愛麗絲說，把他們藏進旁邊的一個大花盆裡。

那三個士兵轉悠悠幾分鐘，沒找到他們，就悄悄地去追趕自己的隊伍了。

「他們的頭砍掉了沒有？」王后喊道。

「已經砍掉了，尊敬的陛下！」士兵們大聲回答。

「很好！」王后叫道：「會玩槌球嗎？」

士兵們都看著愛麗絲沒出聲，顯然這個問題是問她的。

「會！」愛麗絲大聲說。

「那就來吧！」王后嚷道。愛麗絲就加入了這支隊伍，心裡想：接下來會發生什麼事情呢？

「這……這真是一個好天氣！」一個怯怯的聲音在愛麗絲身邊說。原來走在她旁邊的是白兔，正焦急地盯著她的臉。

「是挺好！」愛麗絲說：「公爵夫人呢？」

「噓，噓！」白兔壓低聲音，鬼頭鬼腦地說，還擔心地扭頭往後面看看，然後才踮起腳尖，把嘴湊到愛麗絲的耳邊，悄悄地說：「她被判了死刑。」

「為了什麼？」愛麗絲說。

「你是說真可惜嗎？」兔子問。

「不，不是！」愛麗絲說；「我根本沒覺得這有什麼可惜，我是問為什麼？」

「她打了王后的耳光……」兔子剛說到這兒，愛麗絲就格格笑了起來。「噓！」兔子驚恐地低聲說：「王后會聽見的！是這樣，公爵夫人遲到了，王后就說……」

「各就各位！」王后雷鳴般吼了一聲，人們就四下跑開了，你推我撞地亂了一陣，總算站好自己的位置。遊戲開始了，愛麗絲想，還從來沒見過這樣古怪的槌球遊戲呢！場地坑坑窪窪，槌球竟是活刺蝟，槌球棒是活紅鸛，球門是士兵們手腳著地的身體。

這球可真不好打——愛麗絲先是沒法擺弄那隻紅鸛，好容易把牠的身子夾在自己的腋下，讓牠雙腳伸出，可是剛把牠的脖子弄直，準備用牠的腦袋去打刺蝟時，紅鸛卻老是把脖子扭上來，用茫然的神色望著愛麗絲，使她忍不住大笑起來。她只好把紅鸛的頭按下去準備再打，結果卻惱火地發現刺蝟已經伸展開身體爬走了。另外，不管她想把刺蝟球打到哪兒去，地上總有一些溝溝坎坎，彎著身體當球門的士兵也老是站起來走到別的地方去。愛麗絲很快就明白了，這場球夠難打的。

玩球的人根本不按次序來，大家同時擊球，老是在吵架和爭奪刺蝟球。沒過多久，王后便大發雷霆，跺著腳滿場走，差不多每隔一分鐘就要吼一聲；「砍掉她的頭！」、「砍掉她的頭！」

愛麗絲覺得非常不安——當然，到現在為止，她還沒同王后爭過，可她明白這件事是隨時可能發生的。「到那時我可怎麼辦呢？」她想：「這兒太喜歡砍頭了；最大的奇蹟是，這裡居然還會有人活著！」

她開始尋找逃走的路，心裡盤算著如何在不被人發現的情況下開溜。就在這時，她發現空中出現了一個怪東西。起初她都愣住了，仔細看了一兩分鐘之後才明白那是一個咧開嘴的笑容。心裡想：「原來是柴郡貓呀！現在我可有人說話了。」

「你好嗎？」柴郡貓剛現出夠說話用的嘴就問。

愛麗絲一直等到牠的眼睛出現後才點點頭。「現在跟牠說也白搭。」她想：「該等到牠的兩隻耳朵出現時再說，至少要現出一隻耳朵。」又過了一分鐘，柴郡貓的整個腦袋都露出來了，愛麗絲才放下手裡的紅鸛，開始跟貓談這場槌球戲。她很高興有人聽自己說話。貓似乎認為現在出現的部分已經夠了，沒有繼續再顯出身體。

「我覺得他們玩得一點也不公平。』愛麗絲抱怨地說：「還吵得那麼凶，根本連自己在說什麼也聽不清。而且他們好像根本沒有什麼規則；就算有，至少也沒人理會。另外，所有的東西都是活的，真是一團糟。比方說吧，我接下來要打的那個球門都在球場那頭來回走動；我本來要去打王后的刺蝟球，可牠一見我的球過去就跑開啦！」

「你喜歡王后嗎？」貓小聲問。

「一點也不！」愛麗絲說：「她非常……」剛說到這兒，她突然發現王后就在自己身後聽呢，便改口道：「非常會玩槌球，簡直不用比就可以見分曉了。」王后微笑著走開了。

「你在跟誰說話？」國王走過來問愛麗絲，一邊詫異地看著空中的那顆貓頭。

「是我的一個朋友，柴郡貓。」愛麗絲說：「請允許我介紹。」

「我一點也不喜歡牠的模樣。」國王說：「不過，如果牠願意，可以吻我的手。」

「我不願意。」貓回答。

「不要失禮！」國王說：「不許這樣看我！」國王躲到愛麗絲身後接著說。

「貓也有權利看國王❷。」愛麗絲說：「我在一本書裡看過這話，可我忘記是哪本書了。」

「哼，必須把牠弄走。」國王斷然說道，又對正好經過的王后喊：「親愛的！但願你能把這隻貓弄走！」

各種困難不管大小，王后解決的方法都只有一種——「砍掉牠的頭！」她連看也不看就說。

---

❷ 這是一句西方常用的諺語，意即：小人物也該有他的權利。

「我親自去找劊子手。」國王熱心地說，匆匆走了。

愛麗絲聽到王后在遠處尖聲吼叫，心想自己也該過去瞧瞧，遊戲進行得怎麼樣了。她已經聽到王后宣判了三個人死刑，原因是他們錯過了擊球的次序。愛麗絲一點也不喜歡這種情景，整個遊戲簡直是一團糟，根本沒法知道是否輪到自己擊球。所以她就顧自去找她的刺蝟了。

她的刺蝟和另一隻刺蝟正打得不可開交，看來倒是用一隻刺蝟球打中另一隻的好機會。唯一的困難是，她的紅鸛已經跑到花園的另一頭去了，愛麗絲看到牠正毫無希望地拼命往樹上飛。

等她抓住紅鸛並把牠帶回來時，那兩隻刺蝟已經打完了架，跑得沒影兒了。「沒關係！」愛麗絲想：「反正球場這邊的球門都跑掉了。」為了不一讓紅鸛再次逃跑，她把牠夾在胳膊下，再回去同她的貓朋友聊一會兒。

愛麗絲回到柴郡貓那兒時，吃驚地發現牠旁邊圍了一大群人。劊子手、國王、王后正在爭執；三個人同時搶著說話。旁邊的人都默不作聲，顯得十分難堪。

愛麗絲剛到，這三個人就立刻讓她主持公道，爭先恐後地同時向她陳述自己的理由。愛麗絲簡直沒法聽清他們在說些什麼，為什麼爭執。

劊子手的理由是：除非有身子，才可以從身上砍掉頭，光有一個頭是無從砍起的。他過去從沒幹過這樣的事，這輩子也不打算破這個例。

國王的理由是：不管是什麼，只要有頭就能砍，你劊子手不該說三道四。

王后的理由是：只要她有什麼命令未能執行，就要把所有在場的人全都砍頭（最後這句話把大家全都嚇得面無人色）。

愛麗絲實在想不出什麼辦法，只好說：「這貓是公爵夫人的，你們最好去問問她。」

「她在監獄裡。」王后對劊子手說，「去把她帶來！」劊子手得令，箭也似地跑了。

劊子手一跑，貓頭便開始慢慢消失；等到劊子手帶著公爵夫人回來時，貓頭已經完全看不見了。國王和劊子手發瘋似地跑來跑去到處找；而其他人又去玩槌球了。

第九章、假甲魚的故事

「親愛的老朋友，你不知道，能再見到你我有多高興！」公爵夫人說著，親熱地挽起愛麗絲的手並肩而行。

愛麗絲看到公爵夫人居然如此好脾氣也很高興，心想過去在廚房見到的公爵夫人那麼凶狠，大概完全是因為胡椒的緣故。

「要是我當了公爵夫人，」愛麗絲想（不過並沒有多少把握）：「我的廚房裡就一點胡椒也不要。沒有胡椒也能做好湯。說不定讓人脾氣變壞的就是胡椒呢！」她對自己的這個新發現，感到非常得意，繼續往下想：「醋能把人變得酸溜溜的，黃春菊❶能讓人變得更苦，麥芽糖能讓小孩子變得甜蜜蜜的。要是人們都知道這點該有多好，他們就不會捨不得讓孩子吃糖啦……」

愛麗絲想得出神，完全把身邊的公爵夫人忘了，所以當公爵夫人在她耳邊說話時，她不由驚

❶ 一種花和葉可作藥用的植物。

顫了一下，「親愛的，你在想什麼呀，連說話都忘了。我現在還說不出這會引出什麼教訓，不過我會想起來一點的。」

「也許這談不上什麼教訓。」愛麗絲鼓足勇氣說。

「說什麼呀，孩子！」公爵夫人說：「任何事都會有個教訓的，只要你能找到它。」她說話時，身體緊緊貼著愛麗絲。

愛麗絲很討厭她挨得那麼近，不僅因為公爵夫人實在醜陋，也因為她的身高正好可以把下巴頂在愛麗絲的肩膀上，而且這是個叫人很不舒服的尖下巴。可是愛麗絲也不想顯得太無禮，只好儘量地忍受著。

「現在遊戲進行得好多了。」愛麗絲說。不管怎樣，總得找點話來說。

「是的！」公爵夫人說：「這件事的教訓是……『啊，是愛在推動著世界！』」

愛麗絲嘀咕道：「也有人說世界靠的是大家自己管自己。」

「啊，不錯，這意思是一樣的。」公爵夫人說，把她的尖下巴往愛麗絲的肩上壓了壓，「這個教訓是：『只要想好了，就自然會說好。』」

「她太喜歡為每件事尋找教訓了！」愛麗絲想。

「我敢說，你一定在奇怪我幹嘛不摟住你的腰。」公爵夫人停了片刻後說：「那是因為我怕紅鶴發脾氣。讓我試試行嗎？」

「牠說不定會咬人的。」愛麗絲小心地說。她可不想讓公爵夫人摟自己的腰。

「沒錯！」公爵夫人說：「紅鶴和芥末都會讓人火辣辣地作痛的。這個教訓是：『羽毛相同的鳥在一起，物以類聚。』」

「可是芥末並不是鳥。」愛麗絲回答。

「對呀！是這樣。」公爵夫人說：「你分辨得真清楚！」

「我想它是礦物吧！」愛麗絲說。

「當然是！」公爵夫人說。她好像樂於贊同愛麗絲說的每一句話，「這附近有一個大芥末礦。這個教訓是：『我的多了，你的就少。』」

「噢，我想起來了！」愛麗絲沒理會這個教訓，叫道：「這是一種植物；看上去不太像，但確實是植物。」

「完全同意。」公爵夫人說：「這裡的教訓是——『你看上去像什麼，就是什麼。』——你也可以說得更簡單一些——『絕不要把自己想像成和別人心目中的你不一樣，因為哪怕你在別人的心目中是另一個樣子，你也只能是那樣。』」

「要是我把你的話記下來，我想我也許會更明白一些。」愛麗絲有禮貌地說：「但是現在我聽不太懂你的話。」

「這也算不了什麼；要是我願意，還能說出更長的來呢！」公爵夫人得意地回答。

「求你啦！別再費心說那麼長了。」愛麗絲說。

「這費不了什麼心！」公爵夫人說：「我說過的每句話都是送給你的禮物。」

「這樣的禮物倒很便宜！」愛麗絲心想：「幸好別人不會這樣送生日禮物。」不過她沒敢把這種想法說出來。

「又在想什麼？」公爵夫人問，小小的尖下巴又頂了愛麗絲一下。

「我有想的權利。」愛麗絲不客氣地說。她開始有點不耐煩了。

「一點不錯！」公爵夫人說：「正像豬有飛的權利一樣❷。這裡的教……」

公爵夫人的話突然打住了，連她最愛說的「教訓」也只吐出了一半，挽著愛麗絲的胳膊都在發抖。愛麗絲覺得非常奇怪？她抬起頭，發現王后正抱著胳膊站在面前，臉色陰沉得就如暴風雨中的天空。

「天氣真好啊，陛下。」公爵夫人用低弱的聲音說。

「哼，我警告你！」王后跺著腳嚷道：「要嘛馬上滾蛋，要嘛腦袋搬家！你選吧！」

公爵夫人作出了她的選擇——溜之大吉。

「我們繼續玩槌球吧！」王后說。

---

❷西諺有「豬若生翅也會飛」的戲言，用來諷刺那些不可能發生的無稽之談。

愛麗絲嚇得一句話也說不出來，只好慢吞吞地跟著她回到球場。其他的客人趁王后不在，都躲到樹蔭底下歇涼去了，可是一看到王后，他們又趕緊跑了回來。王后下令說，誰要是耽誤時間，就要誰的命。

在整個這場遊戲中，王后不斷地同別人鬧彆扭，老在嚷「砍掉他的頭」或「砍掉她的頭」。凡被她宣判的人，都被士兵帶下去關起來，這些士兵自然也就沒法回來做球門了。所以大約半個小時之後，除了國王、王后和愛麗絲之外，所有參加槌球遊戲的人都被宣判砍頭，關押起來了。

這時，氣喘吁吁的王后才停了下來，問愛麗絲：「你見過假甲魚❸嗎？」

「沒有！」愛麗絲說：「我連假甲魚是什麼都不知道。」

「就是做假甲魚湯的東西呀！」王后說。

「我沒見過，也沒聽說過。」愛麗絲說。

「那麼走吧！」王后說：「假甲魚會把牠的故事告訴你的。」

她們一起離開時，愛麗絲聽見國王低聲對所有的客人說：「你們都被赦免了。」愛麗絲想：

---

❸西菜中有用小牛頭或小牛肉等加香料做成的假甲魚湯。其實，並沒有假甲魚這種動物，這裡乃是作者的杜撰之物。

「嘿，這可是一件好事！」由於王后判了那麼多人死刑，愛麗絲覺得很難過。現在總算雨過天晴啦。

不久，她們就遇上了一隻鷹頭獅（如果不知道鷹頭獅是什麼樣子，可以看看插圖）；牠正在太陽底下睡大覺呢！

「起來，懶東西！」王后說：「帶這位年輕小姐去看假甲魚，叫牠講講自己的經歷。我得回去看看我的命令執行得怎麼樣了。」說完她就走了，撇下愛麗絲和鷹頭獅在一起。

愛麗絲並不怎麼喜歡鷹頭獅的模樣，但她覺得跟那個蠻不講理的王后在一起，還不如待在鷹頭獅身邊更安全，所以就留了下來。

鷹頭獅坐起來揉揉眼睛，一直望到王后走得沒影了，這才咯咯笑了起來。

「真好笑！」鷹頭獅半對自己、半對愛麗絲說道。

「有什麼好笑的？」愛麗絲問。

「嘿，她呀！」鷹頭獅說：「這全是她的想像。你知道，他們從來沒砍過誰的頭。走吧！」

愛麗絲一邊跟在鷹頭獅後面慢慢走、一邊想：「這裡誰都在對我說『走吧！』我可從來沒讓人這麼支使過，從來沒有！」

他們走了沒多遠，就遙遙望見那隻假甲魚，牠正孤獨而悲傷地坐在一塊岩石邊上。當他們走近時，愛麗絲聽見牠在嘆息，彷彿心都碎了，同情之心不禁油然而生。

「牠有什麼傷心的事嗎？」她問鷹頭獅。

鷹頭獅用跟剛才差不多的口氣回答說：「這全是牠自己的想像；你知道，牠可是從來沒什麼傷心事啊！走吧！」

於是，他們走近了假甲魚。假甲魚只是用那對淚汪汪的大眼睛瞧著他們，一聲不吭。

「這位年輕的小姐想聽聽你的經歷，是真的。」鷹頭獅對假甲魚說。

「我會講給她聽的。」假甲魚用深沉的聲音說：「你們倆坐下吧！在我結束之前，你們別出聲。」

於是，他們就坐下了。有好一陣，大家誰也沒出聲。愛麗絲想：「如果牠不開始，又怎麼能結束呢？」但她依然很耐心地等著。

終於，假甲魚深深嘆息了一聲，開口說話了：「從前我曾是一隻真正的甲魚……」

這句話說完後，又是一陣久久的沉默，只有鷹頭獅偶爾的幾聲怪叫聲和假甲魚不斷的沉重抽泣。愛麗絲幾乎忍不住要站起來說：「謝謝你，先生，謝謝你有趣的故事。」然後，結束這場沉悶的談話了；但她又覺得可能還有下文，所以就坐著沒吭聲。

「我們小的時候，」最後假甲魚又說了下去，語氣也平靜多了，不過時不時地，還要輕輕抽

泣一聲，「都到海裡去上學。老師是隻老甲魚，我們都叫他烏龜。」

「既然他不是烏龜，你們幹嘛那麼叫？」愛麗絲問。

「我們叫他烏龜，因為他教我們呀！」假甲魚生氣地說：「你真是個笨蛋！」

「這麼簡單的問題都要問，真沒羞！」鷹頭獅說。

接著，牠們倆都坐下了，直瞪瞪地看著可憐的愛麗絲，使她恨不能找個地縫鑽進去。

最後，鷹頭獅對假甲魚說：「講下去，老伙計，別整天這麼耗下去！」

「是的，我們去海裡上學；雖然你也許不相信……」

「我沒說我不相信！」愛麗絲插嘴道。

「你說了！」假甲魚說。

沒等愛麗絲開口，鷹頭獅便喝道：「別說啦！」

假甲魚繼續往下講：「我們受的是最好的教育；事實上，我們每天都要上學……」

「我也是每天都上學；」愛麗絲說：「你用不著這麼驕傲。」

「也有選修課嗎？」假甲魚有點不安地問。

「有！」愛麗絲說：「我們學法語和音樂。」

「有洗衣課嗎？」假甲魚問。

「當然沒有！」愛麗絲生氣地說。

「啊，那就算不上真正的好學校！」假甲魚鬆了口氣，「在我們學校裡，這些選修課是排在最後的——法文、音樂，還有洗衣。」

「既然你們都生活在海底，不會怎麼需要洗衣服吧？」愛麗絲說。

「我沒能力上選修課，」假甲魚嘆息著說：「我只學必修課。」

「必修課是什麼？」愛麗絲問。

「開始當然先學『堵』和『斜』，」假甲魚回答：「然後我們就學各門算術：假髮、剪髮、醜法、處法。」❹

「我從來沒聽說過『醜法』。」愛麗絲大著膽子問：「那是什麼呀？」

鷹頭獅驚奇地舉起雙爪叫道：「什麼，你沒聽說過『醜法』？那麼——我想你知道什麼是『美法』吧？」

「知道！」愛麗絲遲疑地說：「那是……讓什麼……東西……變得好看些。」

---

❹假甲魚說的應該是「讀」、「寫」和「加、減、乘、除」。

「既然這樣。」鷹頭獅說：「你居然還不明白什麼是『醜法』，真是個大笨蛋。」

愛麗絲不敢再對這個問題問什麼了，她轉向假甲魚問：「你們還學些什麼？」

「嘿，還有梨史。」假甲魚掰著爪子邊數邊說：「梨史包括古代梨史和現代梨史；有低理，還有灰花。灰花老師是一條老康吉鰻（大海鰻），每星期來一次，教我們捲繞式的素苗花和油花。❺

「那是什麼？」愛麗絲問。

「嗯，我沒法做給你看。」假甲魚說：「我太笨了；鷹頭獅又沒學過。」

「我沒時間嘛。」鷹頭獅說：「我學的是古典文學；我們老師是一隻螃蟹，真的。」

「我從來沒聽過螃蟹老師的課，」假甲魚嘆息著說：「大家說他教的是拉釘子和洗臘子。」❻

「是啊，是啊！」鷹頭獅也嘆息起來，同假甲魚一樣，用爪子捂著臉。

「你們每天上多少課，」愛麗絲問，她急於換個話題。

---

❺應該是歷史、地理、繪畫、素描和油畫，假甲魚全說錯了。

❻應該是拉丁字和希臘字。

「第一天十個鐘頭，」假甲魚說：「第二天九個鐘頭；照此類推。」

「真夠怪的！」愛麗絲叫道。

「人們都說上多少課。」鷹頭獅解釋說：「『多少』課嘛，就是先多後少啊！」

愛麗絲可從來沒聽說過這樣的說法，她想了一會兒才又說：「那麼第十一天就該放假啦？」

「當然囉！」假甲魚說。

「那第十二天怎麼辦呢？」愛麗絲很關心地問。

「上課的事說夠啦！」鷹頭獅用很堅決的口氣，插了進來說道：「那麼，跟她說一說遊戲的事吧！」

第十章、龍蝦方塊舞

假甲魚深深嘆息著，用一隻爪背揉揉眼睛，望著愛麗絲想說話，可是有好一陣子哭得說不出話來。「好像牠嗓子裡長了根骨頭。」鷹頭獅說，開始使勁搖牠，拍牠的背。最後假甲魚總算能說出話來了，牠一邊流著眼淚，一邊說。

「你也許沒在海底下住過多久?!」（「從來沒住過。」愛麗絲說。）「大概還不認識龍蝦吧?!」（愛麗絲剛想說：「我吃過……」但立即改口說：「對，從來沒見過。」）

「所以，你沒法想像到龍蝦方塊舞有多好看！」

「那倒是的。」鷹頭獅說：「先得沿著海岸站成一排……」

「兩排！」假甲魚叫道；「海豹、海龜和鮭魚等等動物都排好隊，然後清除掉所有礙事的水草……」

「這常常得費不少時間呢！」鷹頭獅插嘴道。

「……然後向前兩步……」

「每個都有一隻龍蝦作舞伴！」鷹頭獅叫道。

「那當然！」假甲魚說：「前進兩步，與舞伴相對而舞……」

「再交換舞伴，按同樣隊形後退兩步。」鷹頭獅接著說。

「然後，」假甲魚繼續說：「就用力扔……」

「龍蝦！」鷹頭獅蹦得老高大喊。

「……用力把龍蝦扔得盡可能遠……」

「再游過去追牠們！」鷹頭獅尖叫道。

「在海裡追一個跟斗！」假甲魚喊，一邊發瘋似地跳來跳去。

「再交換龍蝦舞伴！」鷹頭獅使勁嚷道。

「再回到陸地上。這就是全部舞蹈的第一節。」假甲魚說，一下子放低了聲音。這兩個剛才像發瘋一般扔來扔去的傢伙又坐下了，悲傷而安靜地望著愛麗絲。

「那場舞蹈一定很美?!」愛麗絲怯怯地說。

「你想看看嗎？」假甲魚問。

「想極了！」愛麗絲回答。

「來吧，咱們來跳第一節舞！」假甲魚對鷹頭獅說。

「你知道，咱們沒龍蝦也能跳。可是誰來唱呢？」

「哦，你唱，」鷹頭獅說：「我把歌詞忘啦！」

於是，牠們莊重地圍著愛麗絲跳起舞來，跳到靠近愛麗絲身邊時常常會踩她的腳。牠們一邊跳，一邊用前爪打著拍子。假甲魚慢慢悲切地唱著——

鱈魚對蝸牛說：

「你能走快點嗎？

一隻海豚緊跟在我們後頭？

踩到了我的尾巴。

瞧啊，龍蝦和海龜多麼起勁，

牠們在海灘上等待。

你願意一起去跳舞嗎？

你願去，你想去，你願去，你想去，
你願一起去跳舞嗎？
你想去，你願去，你想去？
你願去，你想一起去跳舞嗎？」

你真不知道那有多麼開心，
我們和龍蝦一起被他們丟進海裡老遠！
蝸牛斜了一隻眼回答：
「太遠啦，太遠啦！」
牠說謝謝鱈魚的好意，
但牠不想去跳舞，
牠不願？牠不能，牠不願，牠不能，
牠不能一起去跳舞。

蝸牛那位有鱗的朋友回答：

「丟得遠又有什麼關係？

要知道，在大海那邊，

還有另一個海岸。

離英格蘭遠了，

就會更靠近法蘭西。

親愛的蝸牛，你別害怕，

一起去跳舞吧！

你願去，你想去，你願去，你想去，

你願一起去跳舞嗎？

你願去，你想去，你願去，你想去，

你想一起去跳舞嗎？」

「謝謝你們，這段舞看起來非常有趣！」愛麗絲說，心裡為終於結束了而暗暗高興，「而且我很喜歡這支關於鱈魚的歌，真是好玩極了！」

「哦，說到鱈魚嘛！」假甲魚說：「牠們……你當然是見過的吧？」

「是的，」愛麗絲說：「在餐……」她想說在餐桌上見過，幸好及時打住了。

「我不知道『餐』在哪兒？」假甲魚說：「不過如果你常常看見牠們，當然知道牠們是什麼樣子了。」

「我想是的。」愛麗絲很小心地說：「牠們把尾巴彎到嘴裡，身上沾滿了麵包屑。」

「麵包屑？你記錯了吧！」假甲魚說：「海水會把麵包屑全沖掉的。不過牠們倒真是把尾巴銜在嘴裡的，那是因為……」假甲魚說到這兒打了個呵欠，閉上了眼睛。「你跟她說說是為什麼吧！」牠對鷹頭獅說。

「這是因為牠們跟龍蝦一起去跳舞。」鷹頭獅說：「所以牠們從海裡被扔了出來，所以牠們落得老遠，所以牠們就把尾巴塞到嘴裡去了，所以牠們沒法把尾巴再弄出來了。就這樣！」

「謝謝你，」愛麗絲說：「太有趣了！我以前從不知道這麼多關於鱈魚的事。」

「如果你願意，我還能告訴你更多呢！」鷹頭獅說：「你知道牠為什麼叫鱈魚嗎？」

「我從來沒想過！」愛麗絲說：「為什麼？」

「因為牠要擦鞋子和靴子。」鷹頭獅嚴肅地回答。

愛麗絲完全糊塗了。「擦鞋子和靴子？」她奇怪地問。

「是啊！你的鞋是用什麼擦的？」鷹頭獅問：「我是說，你用什麼把鞋子擦亮？」

愛麗絲低頭看了看，想了一會才回答：「我想是用黑鞋油吧！」

鷹頭獅用低沉的聲音說：「鞋子和靴子在海底下是用鱈魚的粉擦的。這下你明白了吧！」

「那海底下的鞋子和靴子是用什麼做的呢？」愛麗絲好奇地問。

「當然是鰈魚和鰻魚囉！❶」鷹頭獅有點不耐煩地回答：「就連小蝦也會這樣告訴你的。」

「如果我是鱈魚，」愛麗絲說。心裡還在想著剛才聽到的那首歌，「我會對海豚說：『請走

---

❶鰈魚和鰻魚在英語中發音與「鞋底」和「鞋跟」相同或相近。

開，我們不要你在身邊！』」

「牠們非要海豚不可。」假甲魚說：「凡是聰明的魚，出門都要海豚陪的。」

「真的嗎？」愛麗絲驚異地問。

「那還用說！」假甲魚說：「嗯，如果有條魚來到我面前，說牠要外出旅行時，我就會問：『跟哪條海豚去？』」

「你說什麼『孩童』？」愛麗絲問。

「你沒聽清楚。」假甲魚生氣地說。

鷹頭獅接著說：「來吧，讓我們聽聽你的經歷吧！」

「我可以告訴你們我的故事——從今天早晨開始。」愛麗絲有些膽怯地說：「不過明天的事就不用說啦，因為從今天起，我已經變了一個人了。」

「你解釋清楚。」假甲魚說。

「不，不，先講故事！」鷹頭獅著急地說：「解釋太費時間了。」

於是，愛麗絲從第一次看見那隻兔開始，講起自己的經歷。剛講的時候她還有點緊張，因為那兩個怪物離她太近了，一邊一個，眼睛和嘴巴又張得老大。不過講到後來，她已經越來越膽大了。她的兩個聽眾一直很安靜，到她講起給毛毛蟲背《你老啦，威廉爸爸》，結果背出來全不對頭時，假甲魚深吸了一口氣，說：「這真是很奇怪。」

「怪得沒法再怪啦！」鷹頭獅說。

「背出來全錯了？」假甲魚沉思地說：「現在我倒很想讓她背點什麼東西。告訴她開始吧！」牠看著鷹頭獅，好像牠覺得鷹頭獅對愛麗絲有什麼權威似的。

「站起來背《那是懶漢的聲音》。」鷹頭獅說。

「這些動物老是那麼喜歡支使人，老讓人背書！」愛麗絲想：「我還不如這就回學校去呢！」不過她還是站起來開始背了。可是她的腦子裡仍然在想著龍蝦方陣舞的事，簡直不知道自己在背些什麼。她背出來的東西也確實夠怪的——

那是龍蝦的聲音，
我聽見牠在嚷嚷；
「你們把我烤得太焦了，
我得在頭髮上加糖衣。」

就像鴨用自己的眼瞼，
牠用自己的鼻子整理腰帶和鈕釦，
還把腳趾頭往外轉。

「這跟我小時候背的不一樣。」鷹頭獅說。

「嗯，我從來沒聽過這個。」假甲魚說：「可是聽上去全是胡說八道。」

愛麗絲一聲不吭，雙手捂住臉坐了下來，心想：什麼時候這一切才會恢復正常呢？

「我想要她解釋一下。」假甲魚說。

「她沒法解釋。」鷹頭獅急忙說：「背下一段吧！」

「可是那腳趾頭是怎麼回事？」假甲魚仍然不依不繞，「牠怎麼能用自己的鼻子去扭轉腳趾頭呢？」

「那是舞蹈的第一個姿勢。」愛麗絲說。但她被眼前的一切弄得暈頭轉向真想換個話題。

「背第二段，」鷹頭獅不耐煩地重複道：「開頭是『我經過它的花園』。」

愛麗絲不敢違抗，雖然她明知一切又會出錯的，可還是用顫抖的聲音背道——

我經過牠的花園，
用一隻眼睛看牠，
貓頭鷹和豹子。
怎樣把飼餅分食……

假甲魚打斷了她：「要是你不能一邊背、一邊解釋，背這些亂七八糟的東西有什麼用？我從沒聽過這麼亂的東西！」

「不錯，我看你還是停下來吧！」鷹頭獅說。而愛麗絲當然是求之不得。

「我們再跳一節龍蝦方塊舞好嗎？」鷹頭獅繼續說。「要不然就讓假甲魚為你唱首歌？」

「啊，請唱一首吧，如果假甲魚能這麼好心的話！」愛麗絲說得那麼熱情，鷹頭獅都有些不高興了，說：「哼，趣味太差勁了！老伙計，就為她唱《甲魚湯》吧，行嗎？」

假甲魚深深嘆了口氣，一邊抽抽噎噎，一邊唱道——

美味的湯，又濃又綠，

在熱騰騰的蓋碗裡裝！
誰會這麼挑剔，不想嘗一嘗？
晚餐的湯，美味的湯！
晚餐的湯，美味的湯
美——味的湯——
美——味的湯——
晚餐——的湯——
美味的，美味的湯！

美味的湯，有了它，
誰還會再把海鮮、
野味和別的菜想？
誰還會這麼小氣？
不嘗嘗這兩便士一碗的湯？

兩便士一碗的湯！

美——味的湯——

美——味的湯——

晚餐——的湯——

美味的，美——味的湯！」

「再來一遍合唱！」鷹頭獅叫道。假甲魚剛要再唱，就聽遠處有人喊：「審判開始啦！」

「走吧！」鷹頭獅叫道，不等那首歌唱完，拉起愛麗絲的手，急急忙忙跑了。

「什麼審判呀？」愛麗絲跑得呼呼直喘，可是鷹頭獅只應了聲：「走吧！」跑得更快了。微風送來了後面假甲魚唱的單調歌詞，越來越微弱了……

晚餐——的湯——湯——湯，

美味的，美味的湯！

第十一章、誰偷了餡餅？

他們到達時，紅桃國王和王后已坐在王座上了，周圍簇擁著一大群各種各樣的小鳥、小獸，就像整副紙牌。那個武士戴著鎖鏈，站在他們面前，兩邊各有一名士兵看守。國王旁邊站著白兔，一手拿著喇叭，一手拿著一卷羊皮紙。法庭正中有一張桌子，上面放著一大盤餡餅。餡餅十分精美，看得愛麗絲眼饞極了。

「但願審判能早一點結束，」她想：「大家好分吃點心！」但一時之間，好像看不出有這種可能，愛麗絲只好東張西望，藉此消磨時間。

愛麗絲從沒見過法庭，可是她在書上讀過；她很高興地發現，自己對這裡的一切都能說得上來。「那是法官，」她對自己說：「因為他戴著假髮。」

順便說明一下，那位法官就是國王本人。由於他在假髮上又戴了王冠，看上去很不順眼，而且也不舒服。

「那是陪審員席。」愛麗絲想：「那十二個動物（她不得不把他們稱為『動物』，因為他們之中有獸類、也有鳥類。）我猜就是陪審員了。」她把「陪審員」這個詞兒對自己說了好幾遍，心裡非常得意。也難怪，像她這樣年輕的女孩，能懂這個詞兒的幾乎沒有，哪怕是說成「陪同審查者」也很少有小女孩能熟悉。

那十二個陪審員都忙著在石板上寫字❶。

「他們在幹嘛？」愛麗絲悄聲問鷹頭獅：「審判還沒開始，他們沒什麼可記的呀！」

鷹頭獅小聲說：「他們在記下姓名，怕到審判結束時忘掉。」

「蠢東西！」愛麗絲不滿地大聲說。但她又立刻靜了下來，因為白兔已經在喊：「全體肅靜！」國王戴上了眼鏡，著急地向下掃視，想找出是誰在說話。

愛麗絲就好像趴在陪審員肩上看到的那樣清楚，這些傢伙全都在石板上寫下了「蠢東西」，甚至還看到有個陪審員不會寫「蠢」字，只好求鄰座告訴他。愛麗絲想：「不到審判結束，他們的石板準會寫得一塌糊塗！」

---

❶ 十九世紀時，英國的小學生都是在石板上用粉筆練習書寫的。所以，愛麗絲以為那些「陪審員」也是用石板在寫字。

一個陪審員的筆發出吱吱嘎嘎的刺耳聲，愛麗絲當然沒法忍受，就轉到他的背後，很快便找了個機會一把奪走了筆。她幹得非常漂亮，那個可憐的小陪審員（就是壁虎比爾）根本不知道發生了什麼事，在怎麼找也找不到筆後，他只好用手指頭來寫了。這當然是白搭，因為石板上沒有留下任何痕跡。

「傳令官，宣讀起訴書！」國王說。

白兔吹了三聲喇叭，然後展開那卷羊皮紙，開始宣讀——

紅桃王后做了餡餅，
青天白日，
紅桃武士卻偷了餡餅，
溜之大吉！

「考慮裁決吧。」國王對陪審團說。

「不行，還不行！」兔子趕緊打斷了他，「還有好多過程呢！」

「傳第一證人。」國王說。

白兔吹了三聲喇叭，喊道：「第一證人！」

第一證人就是那個帽匠，他進來時，一手拿著茶杯，另一手拿著一片奶油麵包。「請原諒，陛下，」他說，「我把這些東西帶進來了，因為我被傳來時，還沒吃完茶點。」

「你該吃完的。」國王說：「你是什麼時候開始吃的？」

帽匠看著三月兔（三月兔是拉著睡鼠，跟在帽匠後頭進入法庭來的），「我想是三月十四日吧！」帽匠說。「是十五日。」三月兔說。「是十六日。」睡鼠說。

「記下來。」國王對陪審團說。陪審員們熱心地把這三個日期全記了下來，再把它們加起來，最後再把答數折算成先令和便士。

「把帽子摘了。」國王對帽匠說。

「帽子不是我的。」帽匠說。

「偷的！」國王叫道，轉過臉看著陪審團。陪審員們立刻作為事實備忘錄記下來。

「我的帽子是用來賣的。」帽匠解釋：「我自己沒帽子，我是一個帽匠。」

這時，王后也戴上了眼鏡，死死地盯著帽匠。帽匠立刻手足無措，臉都紅了。

「拿出證據來，」國王說：「而且不許緊張，不然我要就地處決你！」

這些話對證人當然不是什麼鼓勵，他兩隻腳倒來倒去地站著，緊張地看著王后，慌亂中一口咬下去的居然不是奶油麵包，而是手裡的茶杯。

就在這時，愛麗絲忽然產生一種奇怪的感覺！她納悶了好久才明白，原來自己開始長大了。起初她想站起來離開法庭，可是繼之又想，只要這裡還能容納下自己，就應該待下去。

「你別這麼擠我呀，」坐在愛麗絲身邊的睡鼠說：「我都快透不過氣了！」

「沒辦法呀，」愛麗絲客客氣氣地說：「我正在長呢！」

「在這兒你可沒權利長。」睡鼠說。

「別胡說！」愛麗絲變得大膽些了，「你不也在長嘛！」

「不錯，可是我是合理的長，」睡鼠說：「不是胡亂瞎長。」睡鼠很不高興地站起來，走到法庭的另一邊去了。

在愛麗絲和睡鼠說話的時候，王后的目光一直沒離開過帽匠；睡鼠剛穿過法庭，王后就對一位法庭官說：「把上次音樂會的歌手名單拿給我。」這話可把帽匠嚇壞了。他渾身發抖，連鞋都抖掉了。

「拿出證據來。」國王憤怒地重複道：「否則不管你緊不緊張，我都要處決你！」

「我是個可憐人，陛下。」帽匠聲音顫抖地說：「……那時我還沒開始吃茶點呢……沒超過一個星期……奶油麵包怎麼會變得這麼薄呢……茶的閃光……」

「什麼閃光？」國王問。

「是茶的閃光！」帽匠回答。

「擦！擦多了當然會閃光！」國王狠狠地說：「你以為我是傻瓜嗎？接著說！」

「我是個可憐人！」帽匠說：「從那時以後，大部分東西都閃光……只有三月兔說……」

「我沒說！」三月兔趕緊打斷了他。

「你說了！」帽匠說。
「我不承認！」三月兔說。
「牠不承認，」國王說：「你就跳過這個部分吧！」
「好吧！無論如何，睡鼠說過……」帽匠說著，擔心地四下張望著，生怕睡鼠也會否認。
可是，睡鼠什麼也沒否認，睡得正香呢。
「從那以後。」帽匠接著往下說：「我又切了些奶油麵包……」
「但是，睡鼠說了什麼？」一位陪審員問。
「我不記得了。」帽匠說。
「你必須記得，」國王聲稱：「否則我就處決你。」
倒楣的帽匠扔掉了茶杯和奶油麵包，單膝跪下說：「我是個可憐人，陛下。」
「你是個可憐的狡辯者。」國王說。
這時一隻三笠鼠喝起采來，但立即被法庭官員制止了。（制止這個詞兒不太好理解，我就說說是怎麼回事吧——他們用一個帆布大口袋，把那隻三笠鼠頭朝下塞進去，然後坐到口袋上。）
「嘿，我可看到這是怎麼回事啦。」愛麗絲想：「我常在報上看到，在審判結束時，『有人試圖喝采，立即被法庭官員制止。』直到現在我方明白，這是怎麼回事。」

「如果你知道的只有這些，你可以退下去了。」國王說。

「我沒法再退了。」帽匠說：「事實上，我已經退到最下面的地板上了。」

「那你就坐下。」

又有一隻三笠鼠喝起采來，同樣被「制止」了。

「嘿，那些三笠鼠可完了！」愛麗絲想：「現在我們該進行得好些啦！」

「我還是去吃完茶點吧！」帽匠說，不安地瞧了瞧正在看歌手名單的王后。

「你可以走了。」國王說。

帽匠一溜煙地跑出法庭，連鞋都沒顧得再穿上。

「在外面砍掉他的頭。」王后吩咐一位官員說。

可等官員跑到門口，帽匠早溜得無影無蹤了。

「傳下一個證人！」國王說。

下一個證人是公爵夫人的廚子！她手裡拿著胡椒盒，一走進法庭就讓門口的所有人都打起噴嚏來，所以愛麗絲一下子就猜出她是誰了。

「拿出你的證據來。」國王說。

「不行。」女廚子說。

國王焦急地看了看白兔。兔子低聲說：「陛下必須盤問這個證人。」

「好吧！如果必須問，那我就來問問。」國王憂鬱地說。

他抱起雙臂，把眉頭皺得眼睛都看不清東西了。他沉著嗓子問：「餡餅是用什麼做的？」

「主要是胡椒。」廚子說。

「糖漿。」廚子身後傳來一個睡意濃厚的聲音。

「掐住那隻睡鼠的脖子！」王后尖叫道：「砍掉牠的頭！把牠攆出法庭！制止牠！抓住牠！拔掉牠的鬍子！」

整個法庭頓時亂了個不亦樂乎。幾分鐘後把睡鼠趕走了，大家再次落座，卻已經不見廚子的蹤影了。

「沒關係！」國王說，顯得如釋重負，「傳下一個證人！」接著他又對王后耳語道：「真的，親愛的，下一個證人得由你來盤問了。我已經問得頭都疼啦！」

愛麗絲看著白兔笨手笨腳地摸弄那份名單，心裡癢癢地，真想知道下一個證人是什麼模樣，「他們還沒有得到足夠的證據吧！」她想，然而結果讓她大吃一驚——白兔使足了勁兒尖聲嘶叫出來的名字是——「愛麗絲！」

第十二章、愛麗絲的證明

「有！」愛麗絲喊道。

剛才那一陣混亂，使她完全忘記自己已經長得多麼高了。只見她猛地蹦起來一站，裙邊竟然把陪審員席都掀倒了。

陪審員們全都摔到下面聽眾的頭上，四下亂爬，使愛麗絲不禁想起了一星期前不小心打翻金魚缸的情景。

「噢，對不起！」愛麗絲狼狽地喊道，趕緊把陪審員們一個個放回原位，因為她還隱隱記得那次打翻魚缸的事故，生怕不立即把這些陪審員放回去會導致他們死亡。

「審判暫停，」國王嚴肅地說：「直到全體陪審員回到原位——全體！」他用力地重複最後這個詞兒，眼睛狠狠地盯著愛麗絲。

愛麗絲看了看陪審員席，發現自己匆忙中竟將壁虎比爾頭朝下倒放了，那個可憐的小東西無法翻身，只好傷心地直搖尾巴。

她立刻把牠抓起來放好，心裡想：「沒關係，我想牠就是腦袋朝下，在審判中也能起到與其他陪審員一樣的作用。」

陪審員們從倒栽蔥的災難中驚魂甫定，找到並撿起了各自的石板和筆後，便立刻開始賣力地

記下剛才的事故經過；只有壁虎例外，因為牠已經累壞了，只能張大嘴巴呆望著天花板，別的事什麼也幹不了啦。

「你對此案知道些什麼？」國王問愛麗絲。

「什麼也不知道。」愛麗絲說。

「無論什麼都不知道嗎？」國王繼續逼問。

「無論什麼都不知道。」愛麗絲說。

「這很重要。」國王轉身對陪審員說。

陪審員們剛要把這句話記在石板上記下來，白兔卻插進來一句話說：「陛下的意見，當然是這不重要。」

牠的口氣必恭必敬，但同時又對國王擠眉弄眼。

「當然，我的意見是——這不重要。」國王趕緊說，接著不斷喃喃自語：「不重要……不重要……不重要……不重要……」倒像是在試驗怎麼發音最好聽似的。

有些陪審員記下了「重要」，有的記下了「不重要」。

愛麗絲因為離他們很近，所以石板上的字看得一清二楚。可是她心想：「反正，怎樣寫都沒關係吧！」

國王剛才一直忙著在記事本上寫什麼，這時高聲叫起來：「肅靜！」他看著本子說道：「第四十二條規定：所有身高一哩以上者退出法庭。」

大家都望著愛麗絲。

「我沒有一哩高。」愛麗絲說。

「你有。」國王說。

「將近兩哩高啦！」王后說。

「不管怎樣，我不會走的。」愛麗絲說：「再說，這根本不是一條合法的規定，是你剛才臨時編出來的。」

「這是書裡最老的一條規定。」國王說。

「那麼這應該是第一條才對。」愛麗絲說。

國王的臉發白了，急忙合上本子。

「請予裁決。」他用顫抖的低聲對陪審團說。

「陛下，還有新的證據。」白兔急忙跳起來說：「這是剛才撿到的一張紙。」

「上面寫什麼？」王后問。

「我還沒打開看。」白兔說：「但好像是一封信，是被告寫給……寫給某人的。」

「肯定是這樣。」國王說：「除非它不是寫給任何人的，但那又完全不合情理。」

「信是寫給誰的？」一個陪審員問。

「誰也不是。」白兔回答：「事實上，外面什麼也沒寫。」白兔說著打開了那張折起來的紙，「原來不是信，而是一首詩。」

「是被告的筆跡嗎？」另一個陪審員問。

「不，不是的！」白兔說：「這可太奇怪啦！」

（陪審團看上去全都傻眼了。）

「準是他模仿了別人的筆跡。」國王說。

（陪審團又顯出恍然大悟的樣子。）

「陛下！」武士說：「這不是我寫的，也沒有人能夠證明是我寫的，信尾並沒有署名呀！」

「如果你沒有署名，」國王說：「那只能使事情更糟！你準是心懷鬼胎，否則你就該像個誠實的人一樣，寫下自己的名字。」

法庭響起了一片掌聲：國王在這天總算講出了一句總明話。

「這證明他有罪。」王后說。

「這什麼也證明不了！」愛麗絲說：「哼，你們甚至都不知道這首詩內容說的是什麼！」

「讀一讀！」國王說。

白兔戴上眼鏡，問道：「陛下，我該從哪兒讀起呢？」

「從開始的地方開始。」國王鄭重其事地說：「一直讀到結尾，然後停止。」

下面就是白兔所讀的詩——

他們告訴我，你先是對她，
然後又對他提起了我，
她對我大加讚賞，
卻說我不會游泳。

他讓他們捎話，說我沒去，

我們知道確實如此。
假如她接著幹下去，
你又會變成什麼樣？

我給她一個，他們給他一雙，
你給我們三個或兩雙，
它們都從他那裡歸於你手，
儘管它們原來屬於我。

假如我或她竟然捲入，
這種事情？
他請你予以解脫，
就跟我們過去一樣。

我覺得你在他，
和我們之間，
已成為一個障礙——
就在你寫下這段之前。

別告訴他：她最喜歡他們，
因為這又須永遠是個秘密；
不要告訴任何人，
只有你我知道。

「我們已經聽到了最重要的證據；」國王擦著雙手說：「現在請陪審團……」

「如果有誰能解釋這首詩，我願意給他六個便士。」愛麗絲說。這時她已經長得很大很大，所以一點也不怕打斷國王的話，「我覺得這首詩什麼意思也沒有。」

陪審員們全都在石板上寫下：「她覺得這首詩什麼意思也沒有。」

可是，他們誰也不想去弄懂這首詩。

「如果詩裡什麼意思也沒有，那倒省了好多麻煩。」國王說：「嗯，那樣我們就不必去找了嘛！我也不知道……」

國王把這首詩在膝上攤開，用一隻眼睛看著說：「……我好像到底還是看出了一些意思——『說我不會游泳』——就是說你不會游泳，對嗎？」他轉身對武士問。

武士傷心地搖搖頭，「我像會游泳的嗎？」

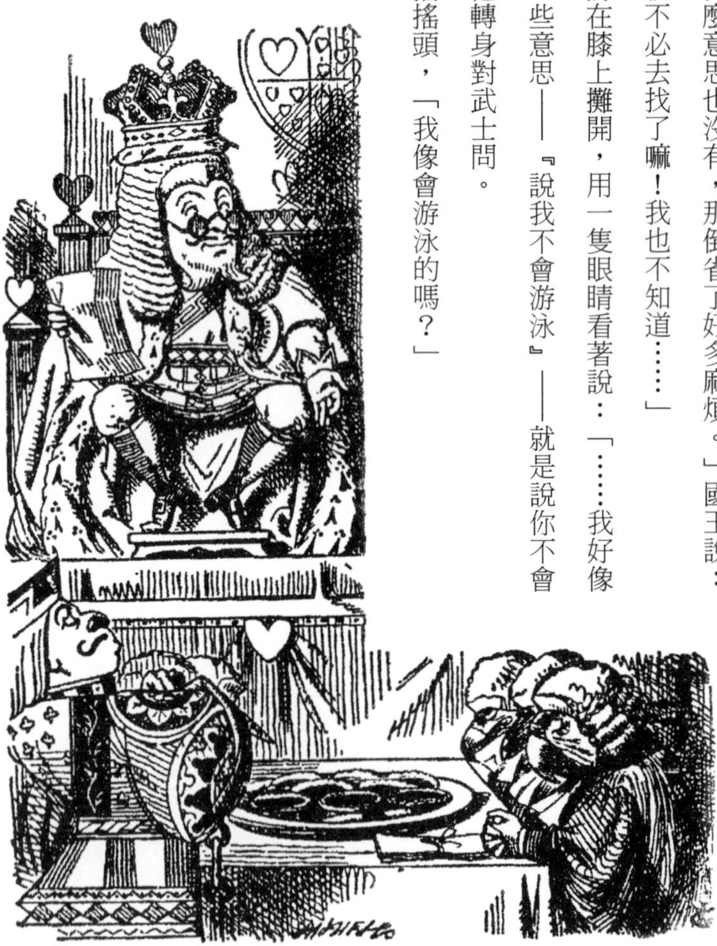

（他當然不會，因為他是用硬紙片做成的。）

「這就對啦！」國王說，接著又喃喃地往下念那首詩：「『我們知道確實如此』——這當然是陪審團——『我給她一個，他們給她一雙』——嘿，沒錯，這一定是指偷的餡餅了……」

「但接下去是『它們都從他那裡歸於你手』。」愛麗絲說。

「對，它們就在那裡！」國王指著桌上的餡餅得意地說，「再清楚沒有啦！還有，『就在你寫下這段之前』。親愛的，我想你從來沒寫過這段吧？」他對王后說。

「沒有！」王后大怒道，操起墨水盒就往壁虎比爾扔過去。倒楣的比爾本來已經不再用手指在石板上寫字了，因為他發現這樣根本寫不出字來，可是現在墨水順著他的臉往下淌，他又急忙蘸著這墨水寫開了。

「那這些話也就不會把你『斷』了。」國王微笑著環視法庭，但沒有一個人出聲。

「這可是一句雙關語呀！」國王氣呼呼地說。

大家馬上都笑了起來。

「請陪審團予以裁決。」

這天，國王大概是第二十次說出這句話了。

「不！不！」王后說：「先判決，然後再裁決。」

「胡說八道！」愛麗絲大聲說。「怎麼能先判決呢？」

「閉嘴！」王后氣得臉都紫了。

「偏不！」愛麗絲說。

「砍掉她的頭！」王后拔直了喉嚨喊，可沒有人動一動。

「誰在乎你？」愛麗絲說。這時她已經完全恢復原來的身材了，「你們不過是一副紙牌！」

這時整副牌全都飛上了天空，又紛紛落到她的身上。她半驚半怒地輕叫了一聲，正要把這些牌揮走，卻發現自己躺在河岸邊，頭還枕在姐姐的腿上，姐姐正在輕輕拿去落在她臉上的枯葉。

「醒醒，親愛的愛麗絲！」姐姐說：「瞧，你睡了多久啊！」

「噢，我做了個好奇怪的夢！」愛麗絲說。她把自己能記得的夢中奇遇，也就是你們剛才讀到的那些，全都告訴了姐姐。

講完之後，姐姐吻了她一下說：「這確實是個奇怪的夢，親愛的！可現在趕緊去喝茶吧，天不早啦！」

於是，愛麗絲便站起來跑了，一邊跑一邊還拼命地想；真是一個奇妙的夢啊！

愛麗絲走後，她的姐姐仍靜靜地坐在那裡，用一隻手支著頭，望著夕陽，想著小愛麗絲和她的夢中奇遇，直到自己也恍恍惚惚地進入了夢鄉。

下面就是她的夢——

她先是夢見了小愛麗絲，用那雙小手抱住了膝蓋，認真而明亮的眼睛仰望著她。她能聽到愛麗絲的說話聲，看到愛麗絲那個熟悉的把蓬亂的頭髮甩到後面去的滑稽動作。就在她似聽非聽時，周遭一切都跟著她的小妹妹夢中的那些奇怪動物一起活躍起來。

白兔急急跑去，弄得腳下的草兒沙沙作響；受驚的老鼠劈哩撲通地游過那個鄰近的池塘。她能聽到三月兔和牠的朋友們共享那頓吃不完的午茶時茶杯碰擊的叮噹聲，以及王后下令處決她那些不幸客人的尖叫聲；還有豬孩子在公爵夫人腿上打噴嚏，同時碗碟摔得乒乓亂響；還有鷹頭獅的尖叫聲，壁虎寫字的沙沙聲，被悶塞的三笠鼠的喘息聲……全都響成了一片，遠處還傳來了可憐的假甲魚的抽泣聲。

於是，她坐直了身子，閉緊眼睛，恍惚間似乎真的置身於那片奇境了。不過她知道，只要自己一睜開眼睛，一切又會變成乏味的現實：草兒的沙沙聲只是因風吹動，蘆葦的搖擺撥動了池水，茶杯的碰擊聲是羊群掛著的鈴鐺，王后的尖吼是牧童的吆喝。而豬孩子的噴嚏聲、鷹頭獅的尖叫聲和所有各種各樣的奇異聲響，原來都是農忙時發出的各種喧囂。遠處牛兒的低吟，變成了假甲魚的哀泣。

最後，她想像自己的這位小妹妹以後終將成為一位成熟的婦女——她將終身保留童年時的天真愛心；她身邊將會圍繞著自己的孩子，用許多奇妙的故事（也許就是很久以前的這次夢園奇境）來使他們的眼睛變得明亮熱切。她也將與孩子們共同感受那天真的煩惱，同他們一起發出天真的歡笑，從自己的童年和那個愉快夏日的回憶裡找到無窮的樂趣。

〈全書終〉

感恩節的信

——給每一位喜歡愛麗絲的小孩

親愛的孩子們：

請你想像你正在讀一封真正的信，是你曾見過的朋友寫的，他現在正對你說聲：感恩節快樂！而這正是我衷心想說的。

你可知道那種甜蜜夢幻般的感覺？當你在夏天的清晨醒來，聽到小鳥在枝頭歌唱，微風從敞開的窗子吹進，而你躺在床上，半閉著眼睛，彷彿看到油綠的枝葉搖曳，或是湖水在金黃的光線下閃耀？這一切都美得令人幾乎哀愁起來，就像美麗的詩句或圖畫，幾乎使人要掉眼淚。而這不正像是媽媽的手輕輕地拉開你的窗帘，或是媽媽溫柔的聲音叫你起床？你在明亮的陽光下忘卻了黑夜中嚇你的惡夢，你開心地迎接新的一天，首先跪在床邊感謝那看不見的大朋友，送你美麗的陽光。

這些奇怪的字句，真的是出自《愛麗絲》的作者嗎？而在這本荒唐的書裡，這是不是一封奇怪的信？也許是吧！也許有人會責怪我把歡笑和哀愁混在一起；有些人則會付諸一笑，認為有人竟在週日的教堂外講這麼正經八百的話，實在很奇怪！但是不，我相信有些孩子會以善意和了解來讀這封信，就像我寫信時的心情一樣。

因為我不相信上帝要我們把生活分成兩半——在星期天的時候一臉嚴肅，而在平常卻認為根本不該提祂的名字。難道你認為祂只喜歡看人們跪地，聽人們禱告嗎？難道祂不喜歡羔羊在陽光下奔跑，孩子在草堆上打滾，發出歡樂的笑聲嗎？當然，對祂而言，孩子們的歡笑就像從莊嚴的教堂傳出的神聖贊歌一樣甜美動聽。

如果說我要在我給孩子們寫過的那些天真無邪的故事後面加點什麼，我當然希望我所寫的東西在我無可避免地行經死亡的蔭谷時，不會感到羞愧或遺憾。

感恩節的陽光將會灑在你的肩上，親愛的孩子們，去感覺你「四肢都充滿了生命力」，好想衝出戶外的新鮮空氣。而往後許多個感恩節也會來了又去，直到你兩鬢灰白，虛弱地踱步到戶外再一次享受溫暖的陽光。但是即使在現在，偶爾想想那最終的一天「正義的陽光帶著暖意升起」也是好的。

當然，當你想到有一天你能迎接比這更璀璨的黎明，一定會非常高興——當那天來臨時，你會看到比搖曳的樹枝和水上的波光更美麗的景象——當天使的手為你拉開窗帘，比慈母更甜美的聲音把你叫醒，在這更光明的一天——而所有在這地球上的憂傷、罪惡、和黑暗都像夜裡的夢一般消失無蹤。

你親愛的朋友，路易斯•卡羅

一八七六年，感恩節

一八八七年聖誕節

聖誕節的祝福

——仙子給小孩的祝福

親愛的女士，請容許仙子們
　暫時將
把戲和玩笑放在一邊，
　因為這是快樂的聖誕佳節。

我們曾聽見孩子說，
　我們摯愛的溫柔孩子，
很久很久以前，在聖誕節那天，
　得到一個天上的訊息。

當聖誕佳節來臨，
他們又記起這個訊息，
和歡樂的聲音交響，
「願地球和平，善意待人。」

但是心必須像孩子般純真，
如此天堂訪客才能居住。
在孩子的歡笑中，
一年到頭都是聖誕節。

因此，暫時忘記
把戲和玩笑，親愛的女士，
我們希望祝福你，如果能夠，
聖誕快樂？新年快樂！

國家圖書館出版品預行編目資料

愛麗絲夢遊仙境／路易斯．卡羅／著，李樺／譯
-- 二版 -- 新北市：新潮社，2021.02
面；　公分
譯自：Alice's adventures in wonderland
ISBN 978-986-316-785-3（平裝）

873.596　　　　　109018896

愛麗絲夢遊仙境

路易斯．卡羅／著
李樺／譯

【策　劃】林郁
【制　作】天蠍座文創
【出　版】新潮社文化事業有限公司
電話：(02) 8666-5711
傳真：(02) 8666-5833
E-mail：service@xcsbook.com.tw

【總經銷】創智文化有限公司
新北市土城區忠承路 89 號 6F（永寧科技園區）
電話：2268-3489
傳真：2269-6560

印前作業　菩薩蠻數位文化有限公司

二　版　2021 年 02 月